中国古典诗词精品赏读

韩愈

张敏杰 张瑞麒 编著

五洲传播出版社

图书在版编目（CIP）数据

中国古典诗词精品赏读丛书. 韩愈 / 张敏杰著. --北京：五洲传播出版社，2023.1

ISBN 978-7-5085-4976-7

Ⅰ. ①中… Ⅱ. ①张… Ⅲ. ①韩愈（768-824）－古典诗歌－诗歌欣赏 Ⅳ. ①I207.2

中国版本图书馆CIP数据核字(2022)第229107号

编　　著：张敏杰　张瑞麒
后　　记：李　冰
图片编审：迟乃义
责任编辑：王　峰
装帧设计：田　林

中国古典诗词精品赏读丛书

韩愈

出版发行：五洲传播出版社
地　　址：北京市海淀区北三环中路 31 号生产力大楼 B 座 6 层
邮　　编：100088
发行电话：010-82005927　010-82007837
网　　址：http://www.cicc.org.cn　http://www.thatsbooks.com
制　　作：北京原色印象文化艺术中心
印　　刷：北京市房山腾龙印刷厂
版　　次：2023 年 1 月第 1 版第 1 次印刷
开　　本：720 × 965 mm　1/16
印　　张：8.75
字　　数：53 千字
定　　价：56.00 元

编者的话

中国在历史上是一个“诗歌的国度”，古典诗词是中国传统文化的奇葩。早在三千年前，我们的祖先就创作出了以“诗三百”为代表的优秀诗篇。此后每个历史年代，诗歌创作都结出丰硕的成果，其中不少名篇名句脍炙人口，传诵至今。“中国古典诗词精品赏读”书系选取了历史上最具代表性的诗人、词人的优秀作品，并加以详尽通俗的译注、评解，试图将古代中国人创造的最可珍贵的文化瑰宝介绍给当代海内外读者。

以“国风”为代表的《诗经》和以《离骚》为代表的楚辞，无论是在思想内容上还是在艺术手法上，都对中国后世诗坛产生了深远影响。中国诗歌至唐代而达到高峰，呈现出后人所称誉的“盛唐气象”和“少年精神”。而从李白、杜甫等诗人身上，从他们留下的诗歌中，不难看出“风”“骚”以来优秀传统的回响。他们都有强烈的现实关怀，关注国家、社会、民众等问题；而这种主题，往往是诗人通过自己的人生境遇和心灵历程去感悟，通过描绘自然界山川万物、人间世事民情来体现的。在唐诗的辉煌之后发展起来的宋代诗歌，成就也相当高，但最能表现宋代文学特殊成就的是词。宋代优秀的词家把这种长短句诗体运用到出神入化的地步，那或慷慨激昂、或委婉凄清的词作，今天读来仍有强烈的艺术感染力。可以说，唐诗宋词是中国文学史上最有神采的篇章。

中国古代诗歌注重抒情、写景，善于表现友情、亲情、爱情、乡情，以及其他复杂细微的个人情感。这形成中国诗歌又一个强大的传统。在儒家思想影响下，中国诗歌几乎从一开始就具有“发乎情，止乎礼义”的特点，情感的表达比较内敛含蓄，有别于西方的诗歌风格。与此同时，中国诗人们又强调“含不尽之意见于言外”，善于通过各种艺术手法传达言外之意，给读者以无穷的回味、想像空间。古代诗词中的优秀之作往往写得深情宛转，富于形象性和音乐性，诵读这些诗词，可以受到多层次的艺术感染和美的熏陶。古典诗词还善于表现自然之美及人与自然的融合。古人常说“诗中有画，画中有诗”，本书系中的每首作品，都配以当代画家根据诗词意境绘制的中国画，通过欣赏这些诗、画，可以更深刻地领悟到中国古代艺术作品中的诗情画意，品味其艺术之美。

除了“诗情画意”的特色外，本书系以各位诗人、词人单独成册，以更清楚地展示其不同的个性和艺术风格；各分册包括诗人、词人简介与作品赏析两部分。对每篇作品的赏析，又分为题解、句解、评解三个章节：题解交代创作背景；句解用现代语文对诗词进行逐句意译，对某些难懂的字词作注释；评解部分则提要钩玄，对作品特色进行点评。我们的本意，首先是帮助读者减少阅读中的文字障碍，继而是理解诗词的思想内容、艺术特色和写作技巧。

中国古代经典诗词把汉语升华到至美至纯的境界，足以使每个中国人感到自豪。这些作品是联接所有炎黄子孙思想、情感的文化纽带，无论身在国内，还是身在海外，优秀的诗歌对读者的感召力都是相通的。一个喜爱祖国传统文化的人，可能会不断地接触和学习祖先的这些遗产。久而久之，这些优秀文化中的一部分会积淀下来，构成每个人头脑中一道美丽的艺术长廊，不断给人以教益、激励和艺术享受。我们期望，本书系所介绍的诗词名篇能够成为这道艺术长廊的组成部分。

本书系介绍的诗人、词人，如唐代的李白、杜甫、王维、白居易、李商隐，宋代的苏轼、秦观、李清照、辛弃疾、陆游，还有东晋的陶渊明、五代的李煜、元代的萨都剌，等等，都是中国诗歌史上耀眼的星座。他们都各有很多传世名篇，限于篇幅，书中每人只选取了二三十首代表作品。由于我们水平有限，书中会有种种不尽如人意之处，敬请读者朋友提出宝贵意见。

目　录

韩 愈 简 介

韩愈（768－824），字退之，河南河阳（今河南孟县）人。他自言郡望昌黎，故世称韩昌黎。晚年任吏部侍郎，又称韩吏部。谥号“文”，因此又称韩文公。

韩愈出生在一个庶族官僚世家。祖父曾任桂州长史，父亲韩仲卿则为一个小官僚，当过武昌县令，为政清廉。韩仲卿和大诗人李白、杜甫等人有往来，他去世后，李白撰写《武昌宰韩君去思碑》一文称赞他的为人和政绩。韩仲卿在武昌为官时，“未下车，人惧之，既下车，人悦之。惠如春风，三月大化，奸吏束手，豪宗侧见”，可见他是一位很有才干的官吏。韩愈的三个叔父都是小官僚，其中三叔韩云卿颇负文名，“文辞独行朝中”，是撰写碑版之文的名家。韩愈三岁而孤，父亲去世后由长兄韩会和嫂郑氏抚育成人。韩会“善清言，有文章，名最高”，主张文章著述要发挥教化的功能，阐扬儒家之道，反对魏晋以来“浮诞僻放”的骈文。这样一个以道德文章传世的家庭家族，对韩愈日后的生活道路、思想学术以及文学创作都产生了潜移默化的影响。

大历十二年（777），韩会受朝中党争牵涉，被贬官至岭南韶州。两年后韩会病逝，当时韩愈年仅十三岁。孤儿寡嫂境遇凄惨，“万里故乡，孤幼在前。相顾不归，泣血号天”。韩愈一家人从岭南跋山涉水回到家乡，后来为躲避战乱，韩愈又随郑氏来到江南宣城，直至他十九岁到长安应试。虽出身于官宦之家，韩愈青年时期的生活还是比较艰难的。他说自己年及二十之时，“苦家贫，衣食不足，谋于所亲，然后知仕之不唯为人耳”。出于改变现状、报亲荣家的想法，韩愈走上科考仕进之路。

韩愈早熟且聪慧，七岁开始读书，十三岁而能文。贞元二年（786），十九岁的韩愈已经饱读诗书，胸怀壮志。他辞别家人，前往长安应试。自十九岁至二十四岁的六年间，韩愈共参加了三次进士科考，三次都败下阵来。长安米贵，居之不易。他在长安的生活陷入窘境，“无所取资，日求于人以度时月”，过着几乎乞讨一般的生活。韩愈在这期间做出惊人之举，力求把自己从困境中拯救出来。他当时尚属于初生牛犊不怕虎的年龄，在窘迫无奈之际，想起堂兄曾经和当朝大将军北平王马燧有些交情。于是，韩愈趁着马燧出行，在长安道上拦马拜见马燧，请求帮助。马燧被眼前这位举止文雅、谈吐不俗的“故人稚弟”打动，就将他带回府中。因顾念悯惜韩愈的寒饥，马燧赐予衣食，让他与子弟一起交游，共同读书。

韩愈才学虽高，但在当时的社会氛围中，若无人推荐，想在科场中胜出是一件相当困难的事情。为争取功名，他也曾在长安城内外奔走干谒于达官贵人之间。可惜他年纪太轻，更没有显赫的家族声势，基本没有什么积极的回应。在此期间，韩愈结识了一些来京应举的青年才俊。他们一起读书论文，谈心说道，这种情谊成为他寂寞生活中的一种慰藉。后来他在《马说》一文中感慨“世有伯乐，然后有千里马。千里马常有，而伯乐不常有”，这未尝不是对青年时期艰难岁月的深沉省思。

韩愈以诗文求见当时文名赫赫的梁肃，从而迎来科考路上的重大转折。梁肃欣赏韩愈的才华学识，勉励他积极应试。在进入长安的第七年，也就是贞元八年（792），韩愈第四次参加进士考试。这次考试由陆贽任主考，梁肃等为佐。韩愈以真才实学博得众人的青睐，最终以第十三名登科及第。

考中进士无疑是一个良好开端，是韩愈生活道路上的一件大事。按唐时制度，中进士之后不能马上授予官职，还需要吏部的再次考试遴选。可是韩愈连考两次，均未中选。他多次上书当朝宰辅，希求仕进。在《三上宰相书》一文中，他希望谋得一官半职，以实现匡时救世的政治理想。但令人失望的是，这种请求没有任何回音。求官没有结果，他也不能再在京城等待下去了。贞元十一年（795），韩愈满怀惆怅离开长安，另寻出路，开始了地方佐吏的官场生涯。

贞元十三年（797），韩愈在汴州宣武节度使董晋幕府里得到一个职位，头衔为试秘书省校书郎，实职为观察推官。他当然不满意这一职务和差事，但为一家生计，也只好暂时隐忍其间。在汴州枯燥无聊的生活中，韩愈也别有收获。他和侄子韩老成，朋友李翱、张籍等人切磋诗文，谈论思想抱负，为平淡的生活增添了几分乐趣。

贞元十五年（799），董晋死去，韩愈辗转到徐州宁武军节度使张建封的幕府任职。这一时期，他的头衔是试太常寺协律郎，职务是节度推官。毫无起色的官场生活让韩愈感到苦闷。史书记载，韩愈这时期“发言真率，无所畏避，操行坚正，拙于世务”。张建封赏识韩愈的才学，待他不薄，所以虽然厌倦琐碎无聊的官场事务，韩愈还是没有选择离开。这一年冬天，韩愈受张建封委派，到京城向朝廷祝贺新年。在京期间，他郁郁无所得，又目睹王公贵族的漠然态度，心情黯然地回到彭城（徐州），并创作出名篇《归彭城》。他空有一腔忧国报国之情，却无处施展，只是过着一种“累累随行，役役逐队”的幕僚生活，内心无比苦闷。正如他在《从仕》诗中所说，“居闲食不足，从仕力难任”。韩愈始终觉得幕府生活不适合自己，常怀失落之感。后来他还是毅然离开张建封幕府，迁居洛阳。

贞元十七年（801），韩愈通过吏部诠选，任国子监四门博士之职，从此进入长安官场，开始了沉浮不定的官宦生涯。这时他已经有相当高的文名。在取得了一定的社会地位后，他开始积极提倡古文写作，主张文章撰述要根植于儒家六艺，阐扬孔孟道统。这一时期，他的文论名篇《答李翱书》对当时的文坛产生很大的影响。贞元十九年，韩愈迁升为监察御史，官职虽然不算高，却拥有一定的实权，负责谏正皇帝，弹劾百官。韩愈和柳宗元、刘禹锡同任监察御史，交谊甚深。

韩愈不但善于撰写诗文，而且体恤民情，忠于职守，是个直言敢谏的诤臣。就在任监察御史的当年，他即因上书《论天旱人饥状》得罪权臣李实，极论宫市又遭到宦官忌恨，由此受到打击陷害，被贬为连州阳山县（今广东阳山）令。这次政治挫折让韩愈心情非常抑闷。太监催逼他立即上路，连探视卧病在床的小女儿也不允许。韩愈在赴广东的途中以及到阳山之后，写下《湘中》、《答张十一》等诗歌作品，倾吐内心伤感惆怅的情绪。任职阳山期间，韩愈勤政爱民，深得当地百姓的爱戴。据史书记载，他“有爱在民，民生子，以其姓字之”，可见其品性的高洁。韩愈在荒僻的环境中仍坚持读书为学，结交友朋，传道授业，在艰苦的生活中寻求乐趣。

贞元二十一年（805）春，唐德宗去世，太子李诵登基，是为唐顺宗。不久顺宗因病退位，太子李纯受禅继位，是为唐宪宗。宪宗登基伊始，罢免王叔文集团，并大赦天下。这年夏天，韩愈接到赦令，离开阳山赶到湖南郴州待命。他本希望重新回到长安，但因为当时地方官吏的阻挠，致使韩愈在郴州等待数月。后来，他被分派到湖北江陵担任法曹参军的职务。经过长时间的焦急等待，却是这样的结局，韩愈的失望愤懑之情可想而知。“同时辈流多上道，天路幽险难追攀”（《八月十五夜赠张功曹》），他甚至想到了挂冠而去，归耕田园。

好在事情很快有了转机。元和元年（806），韩愈调回长安，被任命为国子监博士。元和二年，韩愈又前往东都洛阳。他在这里结交朋友，接纳门生弟子，如李渤、温造、卢仝、樊宗师、贾岛等。他们在一起谈文论艺，相互切磋，促使古文运动的发展达到一个高潮。柳宗元、刘禹锡虽贬官远徙，但他们之间时有书信往来，彼此配合，这也促进了当时诗文创作活动的发展和繁荣。这期间，韩愈又先后任都官员外郎、河南令等职。

元和六年（811），韩愈升职方员外郎，回长安。此后一段时间，他一直担任闲职，过着稍显轻松的生活。元和十一年迁升中书舍人，掌诏令起草。唐宪宗立志解决藩镇割据的痼弊，韩愈也主张对叛乱的军队用兵。第二年，他以行军司马的身份辅佐宰相裴度，参与平定淮西藩镇吴元济叛乱的战役，出了一些参谋策划之力。回京后，韩愈升为刑部侍郎。平定淮西之役获胜，唐宪宗十分得意，要刻石纪功。韩愈撰成《平淮西碑》，既有《尚书》的古朴，又有《诗经》的典雅，水平颇高。但现实利益的冲突，却让它不入一部分人的眼。由于碑文对裴度多有赞颂之辞，而没有突出一些其他参战将领的功勋，这在朝野引发很大的争议。宪宗命人把刻好的韩愈所撰碑文磨掉，令翰林学士段文昌重新撰写。

韩愈自言“生平企仁义，所学皆孔周”，以孔子、周公为楷模，以儒家的思想学说为信仰。他一生排斥佛、道两教，这一心志在晚年更加坚笃。他写有《华山女》一诗，揭露和讽刺道教的虚妄、丑秽。元和十四年（819），唐宪宗从长安西的凤翔法门寺迎奉佛骨回长安，在全国范围内引起一场佛教崇拜的狂热浪潮。韩愈不顾风险，上《论佛骨表》批评宪宗迎佛骨的举动。宪宗览奏大怒，要将韩愈处以极刑。幸得裴度、崔群等人求情相救，韩愈才被流放至岭南当潮州刺史，在政治上遭受严重挫折。韩愈此时已经是五十二岁的老翁，对岭南的偏僻、荒芜和瘴疠早有领教，他甚至不知道自己能否还活着回到长安。

在远离朝阙的时间内，韩愈关心民生疾苦，革除劣俗，整饬吏治，积极兴起当地的文化事业，捐俸助学，颇有政声。潮州当时鳄鱼很多，吞食畜禽，成为当地一害。韩愈撰《祭鳄鱼文》，把鳄鱼责骂一通，表示要赶走它们。这篇文章文采焕然，声情并茂，在当时流传很广。韩愈还向宪宗上书，缓和自己在佛骨问题上的立场，称颂当朝，并提到潮州的艰苦生活。这终于打动了宪宗皇帝，韩愈很快转任袁州（今江西宜春）刺史。不久宪宗去世，穆宗继位，韩愈在这一年的九月被召回京师，任国子祭酒。后又任兵部侍郎，掌管武官选授及军备、军械等事物。韩愈不辱使命，成功地为朝廷宣抚平息发生在镇州（今河北正定）的叛乱，因此而转任吏部侍郎。穆宗长庆三年（823），韩愈转任京兆尹，兼御史大夫，获得较高政治地位。

韩愈在任上以威严著称，在他任职期间，京师一地的治安状况非常好。即便发生旱灾，商人们也不敢任意提高米价。长庆四年（824）正月，穆宗死，敬宗继位。六月，韩愈因病迁到长安城南乡下休养。这一年秋冬时节，他病情加重，自知不久于人世，感叹“富贵自縶拘，贫贱亦煎焦。俯仰未得所，一世已解镳”，表明富贵时生活拘束，贫贱时困苦煎熬，荣辱都已尝遍，现在到了解脱的时候。十二月，韩愈在长安城家中溘然长逝，终年五十七岁。死后，朝廷追赠他为礼部尚书，谥“文”。他的门生搜集遗文，编成《昌黎先生集》。

韩愈一生有强烈的用世之心。他性格中有木讷刚直的一面，力辩是非，坚持自己的信念，昂然不肯少屈。步入官场后，他在一次次的政治旋涡中屡受打击，多次以直谏而得罪朝廷。但他又往往能够化险为夷，和历史上的其他直臣、谏臣相比，还算是幸运多了。苏轼称赞韩愈“匹夫而为百世师，一言而为天下法”、“文起八代之衰，而道济天下之溺；忠犯人主之怒，而勇夺三军之帅”，这一评价得到了后世的广泛认可。韩愈既是后世景仰的国之栋梁，力排众议的思想家，又是一代文坛宗师。在中国文化史、思想史和文学史上，他有着崇高的地位。

中唐时期，唐王朝的统治已渐渐显出颓势。军事上，藩镇割据的局面一直存在；思想上，自庙堂至民间普遍崇敬佛老之学，儒家学说日渐式微；文学上，六朝以来的骈俪文风笼罩文坛，文士往往追求文辞形式的华美，而忽略思想内容的醇正。韩愈作为正统的儒家之士，对这些社会文化现象深感忧虑。他早年即熟读儒家经典，立志以弘扬儒家圣道为已任，立志以一己之力去扶树儒家正道，“使其道由愈而粗传，虽灭死万万无恨”（《与孟尚书书》）。韩愈把儒家思想学说和当代社会现实结合起来，建立起自己的思想学说体系，并以人们所能接受的形式表达出来。他的撰述有所谓“五原”，即《原道》、《原性》、《原人》、《原毁》、《原鬼》等，系统地阐发他的思想理论。《原道》站在“道统”的高度论述了儒家之道，并从人道、人文、人伦和人生的角度重新诠释儒家之道。韩愈把儒家学说从章句训诂的风气中解放出来，赋以全新的理念和内涵。他虽然没有建立起新的儒学学派，但对后世的影响却是深远的。他的学说是宋代儒学全面复兴的先声。

韩愈又是中唐古文运动的倡导者，成功地领导了文体的复古和变革，被后人视为唐宋八大家之首。六朝以来流行的骈体文讲究排偶、辞藻、音律和典故，把文章写得像律诗一样精工。韩愈等人提倡“古文”，反对六朝以来的浮艳文风。力求恢复先秦两汉文章的传统。他推原儒家思想，为古文在唐代的复兴指明了方向，并在学理上进行疏通和阐释。韩愈自言“愈之志在古道，又甚好其言辞”（《答陈生书》），“愈之所志于古者，不惟其辞之好，好其道焉耳”（《答李秀才书》）。韩愈主张文道合一，把对古文的喜好和弘扬儒道的信念结合起来。韩门弟子中的李翱和皇甫湜等人，或学韩愈的平易通畅，或学韩愈的奇诡宏伟，都成为著名的古文家。在韩愈的影响带动下，一大批士子纷纷从事古文的撰述创作，形成一种广泛的社会现象。

但韩愈在文学创作中其实并没有完全拘泥于儒家学说。他曾作诗说“花前醉倒歌者谁，楚狂小子韩退之”（《芍药歌》），自比为楚狂人，这和拘束于礼法的醇儒形象相去甚远。在韩愈现存的诗文作品中，《原道》、《师说》、《进学解》等议论文虽然结构严谨，立论高远，却绝非韩愈集中最具文学性的作品。韩愈的记叙文重视文学形象的鲜明和完整，笔触所至往往使物态活灵活现。《毛颖传》等作品寓庄于谐，趣味横生，极富文学意味。

韩愈非常重视文学创作过程中的社会遭际和情感特征。他在写给好友孟郊的临别赠序中提出“不平则鸣”的思想主张：“大凡物不得其平则鸣：草木之无声，风挠之鸣。水之无声，风荡之鸣。其跃也，或激之；其趋也，或梗之；其沸也，或炙之。金石之无声，或击之鸣。人之于言也亦然，有不得已者而后言。其歌也有思，其哭也有怀，凡出乎口而为声者，其皆有弗平者乎！”（《送孟东野序》）他认为，文学的创作主体应有一种内在的“气”和“力”，“气”、“力”充足了之后便会得心应手，左右逢源。此即所谓“气盛言宜”的主张。韩愈认为好的诗文应该是发于心而形于言的，他的作品大都饱含澎湃激荡的情感力量，具有内在的感染力。例如《哀十二郎文》，通过琐琐家常的诉说，融注了恳挚的骨肉之情和宦海沉浮的人生感喟，让人读来觉得字字句句都凄楚动人。

韩愈非常注重文学语言和文辞形式的艺术性。他一再表明“好辞”是为了更好地弘道，但事实上作为文学之士，他还是把精力更多地投向艺术的雕琢、锤炼等方面。韩愈主张务去陈言，要求语言新颖，词必己出，具有独创性；同时又不违背语言文辞的规律和文学风格的要求，做到妥帖和流畅。韩愈还大胆地引用当时的口语，打破骈文整齐的句式，引进长短不一的散句，这使得他的文章读来新奇生动，别开生面。后人评价韩愈的散文风格“如长江大河，浑浩流转，鱼鼋蛟龙，万怪惶惑”（苏洵《上欧阳内翰书》）。同时，韩愈在文章的谋篇布局上独具匠心，他的作品虽有跌宕之致，但在起承转合上往往宛若天成。

韩愈在诗歌创作方面亦能别出手眼，另创新局。中唐时期的诗坛，最流行的是大历十才子的诗作和以白居易、元稹为代表的元和体。他们或偏重形式，或者追求浅切近人的诗风，这和诗歌的盛唐气象相比，显得格局狭仄，气势卑弱。韩愈对前人和同时期诗人的创作持有包容和鼓励的态度。他赞扬李白、杜甫的诗歌创作，对不合主流的诗人如孟郊、贾岛等也大力奖掖。而他本人的诗歌创作则力求创新，采用诸多手法，形成“以文为诗”的艺术风格，在语言风格上有散文化的倾向。

韩愈把散文笔法引入诗歌创作中，这使得他的诗作呈现出一种新奇独特的风貌。具体而言，韩愈常用赋体的方法做诗，铺张罗列，浓彩涂抹，穷形尽相，力尽而后止。有时在造句上却又有意使用平直浅白的表达方式，如《除官赴阙至江州寄鄂岳李大夫》有“我齿落且尽，君须白几何？年皆过半百，来日苦无多”，读来如家常语。但另一方面，他用字又特别讲究生动凝练，甚至喜好运用一些生僻孤冷的字眼，这使得他的诗歌往往有跌宕蜿蜒的审美特点，前人称之为“奇崛”。他有时会打破诗歌整齐划一的句式，把长短不一的句子置于同一诗作中，加强了诗歌纵横捭阖的气势，开阔了作品的格局。韩愈的诗歌多有清晰的理路和脉络，开头结尾、转折回旋往往匠心独运，技巧圆熟，让人浑然不觉。韩愈在中唐诗坛异军突起，独树一帜，极大丰富了诗歌创作的经验，为中国古体诗歌的发展开拓出新的思路和形式。当然，他以文为诗，把议论、说理和论述的手法引入到诗歌中，也在一定程度上破坏了诗歌的形象性和艺术美感。

韩愈在诗文领域的创造性，多少也因为他具有一种天生的雄强豪放的资质。追求新鲜奇异、雄奇壮美之事、之景、之情，是韩愈性格中不可遏抑的内在冲动。他自言年少之时就“尚奇伟”，“搜奇日有富”。他的审美情趣不可能象韦应物那样淡泊平和，而时时呈现出一种怨愤郁躁、情激调变的特征。韩愈的胸襟气度超脱不凡，提倡“养气”说，主张作者提高自我修养，增添敢作敢为、睥睨万物的大丈夫气概。由此发而为诗，出而为文，自然气豪势猛，声宏调激，意象新奇，气脉宛如江河破堤，一泻千里，给人以酣畅淋漓的审美感受。这其实已突破儒家中庸的审美准则。

韩愈的诗风朝怪奇方向上发展，大致始于德宗贞元中后期，并在元和中期定型。韩诗的代表作大都极尽铺张之能事，带有狠、重、奇、险的特点，有雄大的气势和怪奇的意象。他的诗作有时甚至有意以“丑”为美，着力去表现那些可怕可憎的艺术形象。当然，韩愈的作品中也不乏自然清新、富于神韵、近似盛唐人的诗作，如《晚春》、《早春呈水部张十八员外二首》等。另外，韩愈诗歌作品中也不乏揭露现实矛盾、表现个人得失的佳作，如《归彭城》、《龊龊》等，这些作品大都写得平实顺畅。

纵观韩愈的一生，经历坎坷，思想深刻而复杂，文学创作数量丰富，取得了不可磨灭的成就。他的诗现存三百余首，这是他为后世留下的宝贵精神财富。

醉留东野

昔年因读李白杜甫诗，长恨二人不相从。

吾与东野生并世，如何复蹑二子踪？

东野不得官，白首夸龙钟。

韩子稍奸黠，自惭青蒿倚长松。

低头拜东野，愿得终始如駏蛩。

东野不回头，有如寸莛撞巨钟。

吾愿身为云，东野变为龙。

四方上下逐东野，虽有离别何由逢。

题解

这首诗作于唐德宗贞元十四年（798），时年韩愈三十一岁。东野，指诗人孟郊，字东野，湖州武康（今浙江德清）人，比韩愈大十八岁。韩愈早年结识孟郊，对其诗才非常欣赏，两人结为忘年之交。写这首诗时，韩愈正在汴州宣武节度使董晋的幕府中任职。孟郊当时也客游汴州，旋即辞去南行。韩愈挽留而不得，写了这首诗送行。诗中将自己和孟郊比作李白和杜甫，体现出两人之间深厚的友情，也表明诗人对自己和孟郊在文学创作上有很高的期待。

醉留东野 诗意图　赵晨 绘

【句 解】

昔年因读李白杜甫诗，长恨二人不相从

我以前读过李白和杜甫的诗歌，对他们两人很少在一起这种情况，总觉得很遗憾。“相从”，跟随，在一起。李白和杜甫相聚在一起的日子非常少，分开的岁月很漫长。同时，他们的互相倾慕想念之情又异常深切，写过很多彼此怀念的诗作，互致问候，期盼重逢。起句引入前辈大诗人李白和杜甫，为表现诗人和孟郊之间的情谊作了很好的铺垫。“恨”字道出了诗人对李白、杜甫两人强烈的倾慕。唯其倾慕，诗人才设身处地为二人着想，恨不得去撮合二人，使他们能够经常在一起。

吾与东野生并世，如何复蹑二子踪

我和孟郊很幸运地生活在同一个时代，我们之间交往的情况，为什么也会步李白和杜甫的后尘呢？“并世”，同时代；“蹑”，追踪；“二子”，指李白、杜甫二人。后一句带有反问语气，再次强调诗人对李白和杜甫两人聚散关系的遗憾之情，同时将叙述的重点引到自己和孟郊的情谊上来。

东野不得官，白首夸龙钟

“不得官”，没有做官。孟郊后来授溧阳县令，但在诗人写这首诗时还未被授予官职。“龙钟”，形容年老体衰的样子，这里也有潦倒之意。孟郊一直没有被授予官职，如今已经年纪大了，看上去老态毕现，有些潦倒。这里的“夸”，是以此夸耀于人、自嘲的意思。作为孟郊的好友，诗人深深同情孟郊的处境。并且诗人在任职期间并不得意，因此更能理解孟郊的状况。

韩子稍奸黠，自惭青蒿倚长松

“韩子”，诗人称呼自己；“奸黠”，奸险巧滑。诗人说自己因为“奸黠”而得官，这里的“奸黠”是一种谦辞，对应上一句“东野不得官”。言外之意，孟郊太老实、太耿直了。“青蒿”，菊科二年生草本植物，叶互生，细裂如丝，有特殊的气味；“长松”，高大挺拔的松树。诗人说自己不过有点小聪明而已，而遇到孟郊，就像杂草依靠着高大的松树。《世说新语 · 容止》记载，“魏明帝使后弟毛曾与夏侯玄共坐，时人谓蒹葭倚玉树”，这两句借用其意。诗人自比为杂草，把孟郊喻为高大不凋的松树，通过比喻和对照的手法，突出孟郊杰出的人品和卓绝的才华。

低头拜东野，愿得终始如駏蛩

“駏蛩”，駏驉和蛩蛩，传说中的动物，旧时认为它们是两种相随而行、彼此依存的兽类，后用来喻指关系密切、互相依赖的朋友。《尔雅·释地》作“邛邛岠虚”，认为是一种动物，与另一种动物“蟨”为“比肩兽”。邛邛岠虚背着蟨走，蟨则为它觅甘草吃。诗人仰慕孟郊的为人，愿意低头向他拜服，希望能够成为他的好朋友，常在一起而不分离。用“駏蛩”这样新奇的意象来形容友好密切的关系，使诗句呈现出奇特的风格，给人以独特的审美感受。

东野不回头，有如寸莛撞巨钟

即使我这样表达了相交的诚意，流露出想聚在一起的心愿，但孟郊还是没有改变离开的想法。他没有一点要回头的意思，我的吁求就像是小草根撞击巨钟一样，没有什么回响。“莛”，草茎。《汉书·东方朔传》里面引用民间习语，云“以筦窥天，以蠡测海，以莛撞钟”。草根和巨钟原本是风马牛不相及的两类物体，将它们放在一处进行比较，给人以强烈的感受。此处诗人自喻其小其微，以巨钟喻孟郊，以此表明孟郊之难留。

我愿身为云，东野变为龙

《易经·乾卦》说“同声相应，同气相求。水流湿，火就燥；云从龙，风从虎”。云和龙往往密切地联系在一起。诗人希望自己能够变成天上漂浮的云，而孟郊则变成一条龙。因为云和龙总是一起出现的，这样就不用担心两人分离。诗人借用云、龙两种不分离的传统意象，再次表达对朋友的深切眷念之心。

四方上下逐东野，虽有离别何由逢

我变成了云，孟郊变成了龙，我就要上天下地追随他。“离别”，一作“别离”；“何由”，一作“无由”。尽管人世间还有“离别”这种事，还有分别之苦，但我们是不会碰上了。这四句写得非常浪漫，以云龙相随，表白自己不愿意和朋友分开的心情。古人常常以男女相恋的关系比附友朋之间的亲密，又把不愿分离的恋人比喻为缠绵相依的物体，使作品显得生动而又韵味悠长。

评解

韩愈和孟郊的交谊是一段文苑佳话。通过这首诗，可以知道他们之间情谊的笃厚。这首诗“设想奇，造句亦奇”。诗人以“青蒿”自比，以“长松”比孟郊；又把挽留孟郊不得的情形，比之为小草根撞击巨钟。这种意驰天外的想像力的确令人叹服。最后，诗人又自比为上下翻飞的云，希望追随孟郊这条龙，以便长期伴随在朋友身边。这一比喻情感真挚，奔放飘逸，清人朱彝尊评论说是“粗粗莽莽，肆口道出，一种真意，亦自可喜”。通过作品中鲜明而强烈的对比，我们可以感受到诗人与友人之间那份深厚的情谊。

雉带箭

原头火烧静兀兀，
野雉畏鹰出复没。
将军欲以巧伏人，
盘马弯弓惜不发。
地形渐窄观者多，
雉惊弓满劲箭加。
冲人决起百余尺，
红翎白镞随倾斜。
将军仰笑军吏贺，
五色离披马前堕。

题解

贞元十五年（799），韩愈在宁武军节度使张建封幕中任职。本诗写随同张建封射猎的场景，旨在称颂张建封的英武智勇。这首诗叙写打猎的过程和场面，“短幅中有龙跳虎卧之观”（清汪琬语），颇为后世所称道。宋代苏轼曾经以大字书写这首诗作，称叹它的绝妙。

雉带箭 诗意图　费立浩 绘

【句 解】

原头火烧静兀兀，野雉畏鹰出复没

原野之上燃烧着熊熊猎火，围猎者悄无声响，机警地观察着周围的情况。此诗起句不凡，把射猎紧张而旷远的意境很好地传达出来。“静”字体现出诗人笔墨之妙：一方面写出射猎的紧张气氛，同时又反衬后来之“动”的必然性。“兀兀”，突出之意，与前面的“静”字相联，亦有形容静止之意。凶猛的猎鹰在空中盘旋，野鸡吓得飞出去又赶快躲避起来。“野雉”，即野鸡。野鸡惊惶失措的“畏”和“出复没”，与前一句的“静兀兀”放在一起，一动一静，相辅相成。

将军欲以巧伏人，盘马弯弓惜不发

将军神采奕奕，骑在马上驰骋回旋。他不肯轻易地把箭射出去，而是希望用更加高超的箭法折服前来观阵的众人。“盘马”，指骑在马上驰骋回旋而不前进；“弯弓”，挽弓，拉弓；“惜不发”，舍不得轻易发射出去。诗人以看似不经意的“空”笔来叙写将军的镇定和从容，从而说明将军在射猎上有过人之处。将军的蓄势待发，是为了寻找更好的出手时机，这为后边的“快”埋下伏笔。在诗人笔下，将军的射猎妙处正在其未射之时。

地形渐窄观者多，雉惊弓满劲箭加

野鸡渐渐被驱赶到地形狭窄的地方，跟随将军射猎的随从也慢慢朝这个地方聚拢过来，纷纷向这里张望观察。“地形渐窄观者多”一句，与曹植《七启》描写羽猎之妙的“人稠网密，地迫势胁”有相通之处。野鸡这时已经陷入猎者越来越紧的包围之中，由于受到惊动，迅速地飞起来。刚好这个时候，将军的弓也已经拉满，强有力地射出一箭，正中惊飞而起的野鸡。“加”，指箭加于雉身上，意思是射中了野雉。

冲人决起百余尺，红翎白镞随倾斜

射中野鸡之后，由于箭力强劲，野鸡朝向众人迅疾地飞出百余尺远。这是只顽强勇猛的野鸡，虽中箭而不肯轻易屈服。它的羽毛被血染红，带着雪亮的箭头歪歪斜斜地一路挣扎、盘旋，终于力尽而堕。“决起”，急起之貌。“镞”，箭头。“红翎白镞随倾斜”一句，照应诗题中的“带”字，极其醒目传神。

将军仰笑军吏贺，五色离披马前堕

色彩绚丽的羽毛纷乱散开，野鸡最后堕于马前。将军见野鸡中箭落地，仰天大笑，部下则纷纷上前欢呼庆贺。“五色”，泛指各种颜色，这里用以形容野雉羽毛鲜艳亮丽的文采。“离披”，分散，纷纷下落之貌。野鸡中箭后的惨状与将军的大笑、随从的道贺，形成了鲜明的对比。

评解

诗人在不太长的篇幅中写出射雉过程的曲折和跳荡，兴味盎然，意象鲜明。清代朱彝尊《批韩诗》论此诗：“句句实境，写来绝妙，是昌黎极得意诗，亦正是昌黎本色。”这首诗描摹刻画的都是田猎的真情实境：将军的射技和智谋，雉鸟中箭后的惨烈，观者的叹服，一个个场面都让读者感到如在眼前。作品对整个射猎过程和场面娓娓道来，叙写得张弛有度，有声有色，确乎体现出韩愈之诗的本色和妙处。

明代胡震亨《唐音癸签》曾评价说：“七言难于气象雄浑，句中有力，而纡徐不失言外之意。自老杜（杜甫）后，韩退之笔力最为杰出，然每苦意与语俱尽。”即如这首诗，把物态、场面、氛围和人情笔笔落到实处，追求的是极工尽致的艺术效果。一方面固然展现出诗人描摹人情物态的艺术功力，但另一方面，也多少欠缺一些蕴藉含蓄之美。不过就整体而言，诗人在作品中抓住事物、场面的特定细节，着力彰显物态人情的特点，极力展现射猎过程中的情趣，的确引人入胜。

归彭城

天下兵又动，太平竟何时。
訏谟者谁子？无乃失所宜。
前年关中旱，闾井多死饥。
去岁东郡水，生民为流尸。
上天不虚应，祸福各有随。
我欲进短策，无由至彤墀。
刳肝以为纸，沥血以书辞。
上言陈尧舜，下言引龙夔。
言词多感激，文字少葳蕤。
一读已自怪，再寻良自疑。
食芹虽云美，献御固已痴。
缄封在骨髓，耿耿空自奇。
昨者到京城，屡陪高车驰。
周行多俊异，议论无瑕疵。
见待颇异礼，未能去毛皮。
到口不敢吐，徐徐俟其巇。

归彭城 诗意图　汪国新 绘

归来戎马间，惊顾似羁雌。

连日或不语，终朝见相欺。

乘闲辄骑马，茫茫诣空陂。

遇酒即酩酊，君知我为谁？

题解

自唐德宗贞元十五年（799）初开始，诗人在张建封的幕府中担任节度推官一职。这时他刚过而立之年，在政治上锐意进取，渴求一展宏图。节度推官位低职卑，自然不能满足诗人的政治抱负和需求，他为此感到苦闷。贞元十五年冬，诗人随张建封入朝，次年回到彭城（今江苏徐州）。这首诗是他回到彭城后写的。诗人对不少社会现象深感忧虑，但由于自己人微言轻，没有办法向当朝天子表明心迹，更不可能去施展政治抱负。理想和现实的冲突在他的内心郁结。这首诗表达了诗人关心天下苍生的心志和胸怀。

【句 解】

天下兵又动，太平竟何时

战争又开始了，究竟什么时候才能天下太平呢？“竟”，究竟。贞元时期，藩镇割据，各地陷入一片混战。仅在贞元十五年，就发生了宣武军、彰义军两次较大的武装叛乱。中央政府派军队讨伐，直到十六年依然没有结果。诗人对动乱的社会局面深感忧虑。

訏谟者谁子？无乃失所宜

“訏谟”，重大的谋划，引申为执政之人。语出《诗经·大雅·抑》“訏谟定命”；“訏”，大；“谟”，谋。“无乃”，表示委婉语气，可理解为“会不会”、“只怕”的意思。“宜”，适宜，恰当。诗人发出疑问：处理朝政事务的人究竟是谁呢？会不会是因为他们处置不当，而使得天下

陷入纷争？先秦时期的曹刿在敌军进犯时，积极为国献策，并说“肉食者鄙”，对达官贵人有一种不信任的态度。诗人在此也委婉地表达出对“肉食者”的怀疑和不满。

前年关中旱，闾井多死饥

“前年”，贞元十四年，这一年冬京师一带无雪，造成旱灾。“关中”，当时京城长安周围的地区，即现在陕西中部。“闾井”，古代组织单位，以二十五家为闾，八家共一井；这里指代社会底层的黎民百姓。贞元十四年，关中发生旱灾，百姓流离失所，饿殍满地。

去岁东郡水，生民为流尸

“东郡”，隋唐郡名，治所在今河南卫辉一带；“水”，这里作动词用，发大水之意。“流尸”，形容淹死的人很多。贞元十五年，河南一带发生大水灾，淹死许多百姓。韩愈《龊龊》诗中有“河堤决东郡，老弱随惊湍”，描绘的也是发生水灾的惨状。诗人列举近年来频频发生的天灾人祸，表达对国家前景的深深忧虑。

上天不虚应，祸福各有随

人间战乱频仍，当权者失于规划治理，使得上天降下灾祸来加以惩罚。诗人认为，正是由于唐王朝的统治中有很多漏洞和弊端，才导致前年的旱灾和去年的水灾。“应”，应验；“随”，跟随。诗人相信天人之间存在某种感通，上天的祸福和人间的凶吉是联系在一起的。

我欲进短策，无由至彤墀

诗人很想向最高统治者进献自己的治国谋划，但在当时的政治体制中，像他这样的下层官吏根本没有机会接近皇帝。“短策”，治国的建议和谋划，“短”是自谦之辞。“无由”，没有办法；“彤墀”，即“丹墀”，帝王宫殿的台阶，代指皇帝。诗人对国事紊乱的状况忧心如焚，其叹息之情通过“无由”二字见于纸上。

刳肝以为纸，沥血以书辞

“刳”，剖开；“沥血”，滴血。诗人对朝廷忠心耿耿，恨不得剖开肝脏，以之为纸；滴血为墨，以书写治国策略。这两句诗极言诗人对唐王朝的忠诚。

上言陈尧舜，下言引龙夔

“上言”，首先说；“陈”，叙说。“下言”，接下来说；“引”，引荐，任用。“龙夔”，龙和夔都是虞舜时的贤臣。诗人认为治国之责，首先是皇帝要学习尧舜的治国之道。其次要引荐贤臣，使更多的人能发挥他们的才华，实现报国理想。诗人沉浸在自己的理想中，一时间似乎忘记了其现实可行性。

言词多感激，文字少葳蕤

诗人读自己的治国之策，感到其中充满了感慨而激动的语辞，缺少华丽的文采。“感激”，感慨而激动，因为是真情实感的流露；“葳蕤”，草木茂盛的样子，这里形容有文采。诗人刚才还是热血沸腾，感情澎湃，恨不得把自己的心肝剖出来以示效劳之意。这会儿冷静下来后，开始理性地审视自己的治国建议。对当政者能否采纳他的进言，他实在没有多少信心。

一读已自怪，再寻良自疑

“自怪”，自己觉得奇怪。“寻”，寻思，思考；“良”，确实。诗人读了一遍自己的献策，自己都感觉很怪异。再仔细想想，开始感到怀疑。诗人并不是对自己献策的内容产生怀疑，而是对当政者能否接受颇怀疑虑。这时，诗人已从感性的激昂慷慨转为理性的反省沉思。

食芹虽云美，献御固已痴

“芹”，芹菜；“献御”，献给皇帝。据《列子·杨朱》记载，有人吃了芹菜，觉得非常美味，就推荐给同乡富人，结果富人吃了之后，又是嘴肿又是闹肚子。后来用“献芹”表示所献之物菲薄，但诚意拳拳。诗人觉得自己把治国建议献给皇帝，就好比那个古人向富人推荐芹菜一样，并不一定适合皇帝的心意。在这种情况下向皇帝进言，那不就是在做傻事吗？

缄封在骨髓，耿耿空自奇

“缄封”，封闭，这里是紧闭深藏之意。“耿耿”，心里不能熨帖、难以忘怀的样子；“奇”，优异，不平凡。诗人既认为向皇帝进言是不恰当的举动，因此只能把自己的感慨和想法深藏起来。他自我安慰，觉得自己的献策识见还是不凡的。

昨者到京城，屡陪高车驰

“昨者”，前一段时间；“高车”，达官贵人所乘坐的车，借指有权势者。从这两句开始，诗人对前一段在京城的生活进行追忆。那段时间诗人经常陪同达官贵人。但令人失望的是，他显然没有太多的收获。

周行多俊异，议论无瑕疵

“周行”，语出《诗经·周南·卷耳》“嗟我怀人，置彼周行”，指廷臣；“俊异”，优秀杰出之人。从字面意思理解，这两句是说诗人在长安城中所见到的多为俊彦，他们待人接物没有任何缺点。结合上下文，可以知道诗人这里说的是反语。

见待颇异礼，未能去毛皮

那些贵人们虽然非常客气，但诗人感受不到他们的真诚。诗人对此显然非常失望。“见待”，受到接待；“异礼”，特殊的礼遇，特别敬重。“毛皮”，比喻虚伪的客气，这里是说达官贵人们用礼仪客套把自己包裹得很紧，讽刺他们不能和诗人肝胆相照。

到口不敢吐，徐徐俟其巇

京城的达贵们都很客套，使得诗人感到难用真心去交流。有些话到了嘴边只能咽回去，等待有机会再进言。“巇”，原指缝隙，这里指机会。诗人对这样的官场习气非常不适应，归根结底，是和权贵们没有相通的话语。诗人不认可他们的交流规则，而权贵的社交圈子也没有真正认同、接受诗人。

归来戎马间，惊顾似羁雌

从这里开始，诗人叙述的视点转移到彭城的生活。在长安已经无比失望了，那么，在彭城又如何呢？诗人回到彭城后闷闷不乐，感到自己就像关在笼中的雌鸟，心神不定，对周围环境无能为力。“羁雌”，关在笼中的母鸟，也可以理解为孤鸟；“雌”表示柔弱，诗人在这里用来形容自己处境不顺。

连日或不语，终朝见相欺

诗人在彭城也并没有什么朋友可以交流，经常一连几天都不说话。非但没有志同道合之人，而且还备受猜忌和欺骗。由此来看，诗人在张建封的幕府中并不得意。他在《龊龊》诗中说“龊龊当世士，所忧在饥寒”，与龊龊（谨小慎微貌）的当世士人相比，韩愈是“忧道不忧贫”的学道之君子。他在现实生活中的“不语”、“见欺”是一种必然。

乘闲辄骑马，茫茫诣空陂

诗人报国的志愿不能实现，内心的苦闷也无处诉说。他只能在有空的时候骑马出去，毫无目的地在旷野中溜达。他不知道前方有什么，也不知道自己的目的是什么。“茫茫”，失意的样子；“诣”，至，到；“空陂”，空旷的山坡，旷野。这两句把诗人茫然愁苦之状刻画得生动传神。

遇酒即酩酊，君知我为谁

诗人有百般无奈、万般苦闷，只能借酒浇愁。可惜众人只看到他醉酒时的样子，却不了解他内心深处的隐痛。说到底，还是没有人真正了解诗人。总而言之，诗人在彭城的这段时间里，心情是孤独而苦闷的。“酩酊”，大醉。全诗以反问的句式作结，给人以新奇之感。后人推测，诗人这里其实是对张建封——即结语中的“君”——有所不满。

评解

韩愈在《送孟东野序》中提出“不平则鸣”的文论主张：“大凡物不得其平则鸣……人之于言也亦然。有不得已者而后言，其歌也有思，其哭也有怀。”文学作品是作者内心不平得以发舒倾诉的载体。受儒家思想浸染的士人大都有报国救民的理想抱负，以弘扬儒家圣道为己任的韩愈更是如此。当时的社会现实是藩镇割据，天子昏庸无能；当政的权贵说得冠冕堂皇，实际却只有谋取私利之心。韩愈不仅难以实现政治理想，甚至连志同道合的人都寻觅不到。他在孤独和落寞中寻求内心的宁静，甚至只能在酒杯中放纵自我，以减轻内心之痛。此诗融叙事、抒怀于一体，时空转换大开大合，但在转折、收缩处都自然圆熟。诗中名言警句如“沥血以书辞”等，屡屡被后人吸收转化。

山石

山石荦确行径微，黄昏到寺蝙蝠飞。
升堂坐阶新雨足，芭蕉叶大支子肥。
僧言古壁佛画好，以火来照所见稀。
铺床拂席置羹饭，疏粝亦足饱我饥。
夜深静卧百虫绝，清月出岭光入扉。
天明独去无道路，出入高下穷烟霏。
山红涧碧纷烂漫，时见松枥皆十围。
当流赤足蹋涧石，水声激激风吹衣。
人生如此自可乐，岂必局束为人鞿？
嗟哉吾党二三子，安得至老不更归。

题解

唐德宗贞元十七年（801）七月，韩愈偕友人游历洛阳以北的惠林寺。此时他已离开张建封幕府，迁居洛阳。这首诗追叙游览的历程，取开篇的“山石”二字为题，并非吟咏山石，实则是一首纪游性质的作品。作品依照

山石 诗意图　王兴华 绘

游踪，叙写诗人的所见、所闻和所感，写法颇似一篇散文游记；而其笔下山林寺庙、自然风物，又处处洋溢着浓郁的诗情。本诗可以说是诗人“以文为诗”艺术探索的代表作。诗人赞美大自然，向往隐居山林沟壑的生活，流露出对官场生活的厌倦之情。

【句 解】

山石荦确行径微，黄昏到寺蝙蝠飞

山石奇险高耸，嶙峋峥嵘，穿行石间的小路更是狭窄逼仄。诗人沿着这条险峻的山径，在黄昏时分来到佛寺。天色已晚，佛寺内的蝙蝠迎面乱飞。“荦确”，怪石嶙峋、奇险高峻的样子；“微”，窄小。沿途山路艰辛，黄昏时分好容易落脚，却又是座蝙蝠上下翻飞的荒山野寺。诗开篇即描绘出一种晦暗幽静的景象。

升堂坐阶新雨足，芭蕉叶大支子肥

诗人登上客堂，坐在台阶之上，看眼前的景物，一片生机勃勃的样子。想必是不久之前大雨滂沱，水量充足，芭蕉长得叶子硕大，栀子花儿也很肥实。“支子”，一作“枝子”，即栀子，常绿灌木，叶子对生，长椭圆形，有光泽；春夏开白花，香气浓烈，是人们喜爱的观赏植物；夏秋结果实，可做染料，也可入药。以上四句，一句一境，勾勒出诗人的行迹。

僧言古壁佛画好，以火来照所见稀

僧人很好客，向诗人一行介绍古壁上佛画的精美。他们还不辞辛劳，拿来灯火照明，以便让客人看个清楚。但壁画年月深久，已经有些模糊不清了。“稀”，依稀，不清楚。

铺床拂席置羹饭，疏粝亦足饱我饥

把床铺整理停当之后，僧人端上了饭菜。“拂席”，拂拭坐席，以示尊敬；“羹饭”，羹汤和饭食；“疏粝”，一作“粗粝”，粗糙的饭食。“饥”字表达出一路走来的辛苦疲惫。诗人饥肠辘辘，再怎么简单粗糙的饭食，这时都可以拿来充饥。诗人在此也表达了一种乐观自足的心境。

夜深静卧百虫绝，清月出岭光入扉

诗人接下来叙写了一幅静谧的夜景。新雨过后，空气自然清新怡人，夜色显得更加静谧安祥。月儿从山岭那边升上来，静静的辉光散落在屋舍当中。“百虫绝”，昆虫的叫声停止，暗示夜已经很深。从清幽的月光开始，诗歌的意境逐渐由晦暗转向明朗。

天明独去无道路，出入高下穷烟霏

清晨，诗人独自离开佛寺，在雾霭云烟之中几乎看不清道路，辨别不出方向。他登山入谷，时高时下，极目所见都是迷蒙一片。“烟霏”，烟雾云气；“穷”，尽。“无道路”、“穷烟霏”描写的是山中平明之景，虽已有明亮之意，但仍带晦暗。

山红涧碧纷烂漫，时见松枥皆十围

“山红”，指山花；“涧碧”，指溪水。山花烂漫，色泽艳丽照人；山涧溪水流过，清澈明媚。在这风景宜人的山水中，不时还可以见到苍朴粗大的古树。“枥”，即栎树，又称麻栎。“围”，两臂合抱的长度，“十围”形容树干极为粗大。诗人状写景物，以精微灵敏的笔触捕捉到不同的色调和光感，表现出鲜明、逼真、清新的诗境之美。

当流赤足蹋涧石，水声激激风吹衣

“当流”，在水流之中；“蹋”，即踏；“激激”，象声词，水急流之声。眼前的景致显然让诗人有忘我之乐。他光着脚丫子，涉足水流之中，还踏上溪水中的大石。水声激激，不绝于耳；山风时来，吹拂着衣服。如果说上面两句意在表现自然风物的“静”之美，那么这两句中突出的是人和大自然相亲相近的灵动之美。

人生如此自可乐，岂必局束为人鞿

人生一世，偶遇一些景致，遭逢不期而至的事情，若有可观之处，有怡悦之情，那就能令人欢喜。诗人在大自然的风物之中，显然体验到了无比的畅快和自在。“局束”，窘迫拘束；“鞿”，本指马嚼子，这里作动词用，是牵制、束缚之意。在生活中总是被人牵着鼻子走，失去个体精神的自然自适，滋味当然不好受。走近大自然，亲近山水，无疑可以让人忘却人世的不快和烦扰。

嗟哉吾党二三子，安得至老不更归

诗人在最后两句中寄托了深沉的人生感喟。“嗟哉”，叹词；“吾党”，我辈，我们这一伙人；“二三子”，指后生晚辈，也有人说指同游的侯喜、李景兴、尉迟汾等人。这一句大概取意于《论语》中的“吾党之小子”、“二三子以我为隐乎”等句。诗人对友人、晚辈的劝解可谓意味深长，其中亦有作者的自我解脱之意。志同道合的友辈，怎么能一生都在宦海之中沉浮挣扎，不把山水当作归宿呢？“不更归”，不再归、不复归之意。

评解

正如清代何焯所言，此诗“直书即目，无意求工，而文自至”。此诗丝毫没有模山范水的痕迹，不事雕琢而自见精彩。其精彩之处，主要体现在这首诗给人以“清俊”的意境之美。词句之中处处流露着诗人充满力度的劲笔，有横空而出之感。

金元好问《论诗绝句》中有一首称：“‘有情芍药含春泪，无力蔷薇卧晚枝’。拈出退之《山石》句，始知渠是女郎诗。”“有情芍药含春泪，无力蔷薇卧晚枝”是宋代秦观《春日》中的诗句，表现出阴柔之美，艺术形式上也偏于精致的雕琢工夫，所以元好问称之为“女郎诗”。而韩愈这首《山石》则被元好问视为“女郎诗”的对立面。相形之下，此诗确实显得更有内在的力度和生气，颇具雄浑刚健之美。当然，元好问的说法亦欠公允，因为两人描写的是不同的题材，秦观之作多韵致，而韩愈之作则给人以遒劲壮美之感。

清方东树认为，这首诗在结构上简直就是一篇“叙写简妙”的游记，有古文的手笔神韵蕴藏在其中。诗篇结构方法极为平实，大体依照游历的次序写来，不事雕琢安排，如行云流水，自然舒卷。正因为作者在诗中不追求跌宕之感，所以作品的层次极为清晰：从黄昏到寺庙，寺僧款待，夜深留宿，到天明离开，继续在山中游历。此诗虽有散文化的倾向，但诗人用最典型、最富质感的画面来表达所闻所见，音韵和谐圆美，给人以遒劲清新的审美感受，真可谓大家手笔。

湘中

猿愁鱼踊水翻波，
自古流传是汨罗。
蘋藻满盘无处奠，
空闻渔父扣舷歌。

题解

唐德宗贞元十九年（803），韩愈任监察御史。他目睹宫市扰民和大旱灾的情形，上书朝廷建议罢宫市、救灾民、轻赋税，触怒了当权者，被贬为阳山（今属广东）令。次年，他在去往阳山的路上途经湘江，念及屈原之事而创作了这首诗。此诗借古言今，抒发了对时事和人生的感慨。

湘中 诗意图　庄明正 绘

【句 解】

猿愁鱼踊水翻波，自古流传是汨罗

哀怨的猿声不时传入耳中，鱼儿在水中游动跳跃。这是诗人在湘江上看到的景象。“踊”，跳跃；“翻波”，波涛涌动。“汨罗”，汨罗江，在今湖南汨罗，是湘江的支流。汨罗江水波涛翻滚，那里曾经是屈原投江的地方，至今依然流传着屈原的传说。诗人因为进言而被贬，来到陌生的南方，如同当年的屈原一样被流放。起笔两句虽无一字提到屈原，而千百年前屈原的身影已经呼之欲出。

蘋藻满盘无处奠，空闻渔父扣舷歌

“蘋”，生长在水中的浅草；“藻”：水藻。“蘋藻”这里指祭江用品。这两种水生植物在屈原的作品中曾屡次出现。诗人来到楚地，写楚地，哀吊楚人，自然而然借用了屈原作品中的词汇。人们在盘中盛满了水草和水藻，想要祭祀屈原。但江面空阔，已没有任何遗踪，所以无处祭奠。只听见捕鱼的人敲着船舷，引吭歌唱。《楚辞》中有《渔父》，叙屈原遭放逐后行吟泽畔，遇一渔父相劝。如今离世已经千年，但每个了解他、同情他的人，心中似乎还一直回旋着《渔父》的曲调，感慨志士仁人悲凉的命运。

评 解

屈原的贬谪和投江，是千年以来中国骚人墨客心中的隐痛。忠君报国却遭到误解，付出全部却被对方摈弃，有什么比这更让人痛苦的呢？文士们大都同情屈原的遭遇，在他生活过的地方挥毫洒墨，写下许多流传千古的凭吊诗文。西汉贾谊《吊屈原赋》云“国其莫我知兮，独壹郁其谁语？凤漂漂其高逝兮，固自引而远去”，凭吊的是屈原，倾吐的又何尝不是自己的心声呢？韩愈这首《湘中》用意和贾谊相同，表现手法则更迂回委婉。

前两句“猿愁”、“鱼踊”、“水翻波”三个主动句式并列，句法奇崛，显出韩诗“奇”的特点。这也为下句引入汨罗的传说铺垫出一种苍横遒劲的基调。诗人举出“汨罗”两字，含不尽之意于言外。他显然想到了屈原，想到了楚国，想到了当今朝政，也想到了自己的遭遇。诗人从历史的想像中回到现实的实境，看到江中渔夫在扣舷而歌。千百年来所有的仁人志士，或许都要经历屈原或诗人自己这样的挫折和坎坷吧。但只要能够被人所理解，在后世得到知音，如屈原一样得到无数后人的同情和景仰，就多少会带给诗人一些慰藉。诗人的怨尤和不满在作品中既充分表现，情绪又很内敛。后人评价这首诗，说它有“一往情深”的艺术特点。所谓“怨而不怒”，平和醇正，诗人可谓得儒家诗教之正矣！

答张十一

山净江空水见沙，
哀猿啼处两三家。
筼筜竞长纤纤笋，
踯躅闲开艳艳花。
未报恩波知死所，
莫令炎瘴送生涯。
吟君诗罢看双鬓，
斗觉霜毛一半加。

题解

这首诗大约作于唐德宗贞元二十年（804）。张十一，即张署，河间人，排行第十一。此前韩愈和张署因上书言事，触怒当朝，分别被贬为阳山县（今属广东）县令和临武县（今属湖南）县令。张署到临武后，思想比较苦闷，寄诗给韩愈倾诉自己的郁闷心情。韩愈作此诗回答，诗中也吐露了自己苦闷的心声，但更多还是给张署以鼓励。

这首诗题目多作“答张十一功曹”，可能是后人编集时所加。因张署为功曹参军是后来的事，此时不当称其“功曹”。

答张十一 诗意图　王本杰 绘

【句解】

山净江空水见沙，哀猿啼处两三家

山色明净阔远，江水清澈空灵，水底的沙子都粒粒可见。四周人烟稀少，不时传来几声猿猴的哀鸣。“江空”，意谓江水清澈，看上去有空阔之感。诗人一起笔就渲染出一种空旷且略带寂寥的意境，后人评价这两句诗描写“荒寒如画”。

筼筜竞长纤纤笋，踯躅闲开艳艳花

“筼筜”，一种生长在水边的大竹子；“踯躅”，植物名，即羊踯躅，又名黄杜鹃、羊不食草。春天已经到来，竹笋纷纷冒出尖，一派争先恐后的样子；羊踯躅开着鲜艳的花朵，闲散而自在。诗人在荒僻寂寥的氛围中，选择竹笋和羊踯躅两个细节加以生动描写，点染出大自然的盎然生机。这为下句的转折埋下伏笔。

未报恩波知死所，莫令炎瘴送生涯

诗人说，虽然被贬到如此荒僻的地方，不知道将来会死在哪里，但还没有报答皇帝的恩情，不想就此放弃。他觉得还是应该好好保重自己，不要让南方炎热的湿气断送了性命。这既是对自己心境的陈说，也是在劝勉友人。“恩波”，指帝王的恩情、恩泽。“炎瘴”，南方空气湿热致病的瘴气。杜甫《寄岳州贾司马六丈巴州严八使君两阁老五十韵》有“地僻昏炎瘴”之说。按照封建时代的政治伦理要求，臣子即便被贬谪到边远的地方，仍然需要争取回到朝堂之中。倘若心怀怨尤，在贬谪之地断送了性命，那是要让君王来承担“无道”的过错了。诗人对待个人仕途得失一向持怨而不怒的态度，对唐王朝的最高统治者始终有一份发自内心的尊重和爱惜。

吟君诗罢看双鬓，斗觉霜毛一半加

“斗觉”，猛然觉得，顿时觉得；“霜毛”，白头发。读了你的诗作之后，对着镜子看自己的头发，猛然发现白头发好像添了许多。对诗人和朋友两位北方谪客而言，难以适应南方的自然条件，都有度日如年的感觉。诗歌中的白发总是和愁苦联系在一起，如李白《秋浦歌》“白发三千丈，缘愁似个长”，王维《叹白发》“我年一何长，鬓发日已白”。诗人不知何时才能结束贬谪之苦，愁苦而多生白发。

评解

传统儒家思想认为，诗可以发挥“兴、观、群、怨”的功能。“诗可以怨”，即诗人可以通过诗歌抒发自己的不平之气。但这“怨”的程度很微妙，如果分寸把握不好，那就破坏了中庸的原则。韩愈这首诗可说深得儒家“温柔敦厚”的诗教宗旨。诗人生活在荒僻的岭南，愁生白发，度日如年，对自己的处境不能不有所怨怅；但他依然想到还没有报答君恩，还想保全性命以报效朝廷。清人何焯《义门读书记》评价这首诗说：“五六既不如屈子之狷怼，结仍借答诗以见其憔悴，可谓怨而不乱矣。”

八月十五夜赠张功曹

纤云四卷天无河，清风吹空月舒波。
沙平水息声影绝，一杯相属君当歌。
君歌声酸辞且苦，不能听终泪如雨。
“洞庭连天九疑高，蛟龙出没猩鼯号。
十生九死到官所，幽居默默如藏逃。
下床畏蛇食畏药，海气湿蛰熏腥臊。
昨者州前捶大鼓，嗣皇继圣登夔皋。
赦书一日行万里，罪从大辟皆除死。
迁者追回流者还，涤瑕荡垢清朝班。
州家申名使家抑，坎轲只得移荆蛮。
判司卑官不堪说，未免捶楚尘埃间。
同时辈流多上道，天路幽险难追攀。”
君歌且休听我歌，我歌今与君殊科。
一年明月今宵多，人生由命非由他，
有酒不饮奈明何。

八月十五夜赠张功曹 诗意图 崔晓东 绘

题解

这首诗作于唐顺宗永贞元年（805）中秋。这一年正月唐德宗李适病逝，太子李诵继位为唐顺宗，大赦天下，改元永贞。同年八月，顺宗即因病退位，太子李纯继位为唐宪宗，再次大赦天下。在第一次大赦期间，韩愈和朋友张署都得到赦免，分别从阳山和临武赶到郴州（今属湖南）待命。两人在郴州等待数月，到第二次大赦时，韩愈迁为江陵府（今属湖北）法曹参军，张署迁为江陵府功曹参军。这首诗题目中的张功曹即指张署。唐代各州佐治之官分六曹，即功曹、仓曹、户曹、兵曹、法曹、士曹，亦称六司。参军是当时州郡长官的僚属。法曹参军和功曹参军都是比较低的官职。两人等待许久，得到却是这样的结果，心情可想而知。诗中表现了诗人与友人感愤的心情。

【句解】

纤云四卷天无河，清风吹空月舒波

在一个纤云流动、清风吹拂、月华流照的美好夜晚，诗人和张署聚在一起把酒相谈，打算借酒浇平胸中块垒，抒发郁闷之情。“纤云”，细小的云朵；“四卷”，向四周舒展开来；“天无河”，天空中没有出现银河。“舒波”，舒展开，放射出光辉。在中国文学传统中，月夜总是引起诗人种种莫名的情绪，此诗也不例外。

沙平水息声影绝，一杯相属君当歌

“息”，静止，安静。“相属”的“属”，在此处可以理解为“劝请”，是劝酒之意。放眼望去，水边的细沙仿佛与水面相平。水面风平浪静，周围也没有什么人。在这样一种寂寞而又安静的氛围中，诗人以酒相劝，希望张署能引吭高歌，一吐胸中不平之气。曹操《短歌行》中有“对酒当歌，人生几何”的浩叹，饮酒之后无顾忌地抒发豪情或悲愤，是中国文学作品中常见的现象。

君歌声酸辞且苦，不能听终泪如雨

在诗人的邀请下，友人高声放歌，唱出心曲。在诗人听来，这首歌曲调悲哀，歌辞苦涩。还没等友人唱完，诗人已经忍不住泪落如雨。这显然是因为他们之间同病相怜，惺惺相惜。他们为共同的不幸遭遇而伤感。“酸”，酸涩、悲哀之意；“终”，结束。

洞庭连天九疑高，蛟龙出没猩鼯号

“洞庭”，洞庭湖；“九疑”，指九嶷山，在今湖南宁远。洞庭湖水面宽阔，看起来与天相连，水天一色；远远望去，九嶷山高耸入云。“蛟龙”，传说中的水中动物，居深水之中。相传蛟能发洪水，龙能兴云雨，它们出没不定，人们一般是看不到的。“猩”，即猩猩，这里用来代指猿类动物；“鼯”，鼯鼠，一种哺乳动物，外形像松鼠，生活在山林树洞中；“号”，哭号，这里形容猿类动物和鼯鼠的叫声难听。

从这里开始到“天路幽险难追攀”十八句，都在转述张署所作歌的内容。其实，这些同样是诗人情感的流露，所以引起了他的强烈共鸣。

十生九死到官所，幽居默默如藏逃

“十生九死”，即九死一生的意思，形容路程非常艰险；“官所”，旧时官员办公的处所。张署从临武赶到郴州，一路上颠沛流离，历经千辛万苦，九死一生才到达目的地。没想到在郴州等待他的，却仍然是终日无人搭理、孤单寂寞的生活。“幽居默默”，形容过着孤独寂寞的生活；“藏逃”，到处躲藏的逃犯。由于人生地不熟，每天过着像潜藏的逃犯一般孤独而担惊受怕的生活。“十生九死”和“幽居默默”连用，有力地表现了张署遭逢的不堪际遇。

下床畏蛇食畏药，海气湿蛰熏腥臊

“畏蛇”，南方多蛇，像韩愈、张署这样的北方人往往感到不习惯，对蛇很畏惧。“食畏药”，传说南方的少数民族喜好在别人的饮食中下蛊放毒。“湿蛰”，南方多水，空气湿润，蛰虫也很多。在湿润的气候下，毒蛰遍地，虫豸横行，使得空气中散发着腥臊的味道。这几句写南方的风物和生活习俗让来自北方的人士非常不适应，甚至满怀畏惧、疑虑。诗人借友人之口，生动传神地叙写出客居南方的北方人的感受，这也是在委婉地表达他自己的感受。近代吴闿生评价这两句，认为是“写哀之词，纳入客语，运实于虚”。

昨者州前捶大鼓，嗣皇继圣登夔皋

“昨者”，昔日，前几天。这年八月五日，唐宪宗受禅登基，大赦天下。按照唐代规定，赦书日行五百里。大概在八月十五的前几日，赦书已经送到湖南和广东，韩愈和张署都得知了被赦免的事情。“州前”，官府衙门前；“捶大鼓”，唐代规定，遇有大赦令，则击鼓千下。“嗣皇”，刚刚登基继承大统的新皇帝；“登”，登用，这里是提拔录用的意思；“夔皋”，夔和皋陶的并称，两人在舜时分别任乐官和刑官，皆有政绩，后借指贤明能干的辅弼大臣。新皇登位，大赦天下，意在有所作为，提拔录用贤臣。在诗人看来，局势是在向着好的方向转变。即使遇到挫折，诗人的政治热情并未熄灭。

赦书一日行万里，罪从大辟皆除死

“一日行万里”，形容赦书送达之快。“大辟”，古代五刑之一，斩首处死；“除死”，免除死刑。古代大赦一般是将对犯人的处罚下降一级，将死刑犯免死，也是大赦的一种表现。大赦之令传布四方，让那些被贬在偏远地方的有志之士，包括诗人和朋友在内，都心生希望。这为下文情感基调的转折埋下了伏笔。

迁者追回流者还，涤瑕荡垢清朝班

“迁者”，被贬谪的官员；“流者”，被流放充军者。遭贬抑的官员都被召回，被流放充军的犯人也允许回来。与此对应的是，那些在朝廷中藏匿的奸臣被清除，新皇朝呈现出一派欣欣向荣的气象。“涤瑕荡垢”，清洗污质和尘垢，比喻振兴朝政。与下面两句的叙写的内容来看，诗人将新皇即位之后的朝政写得如此美好，旨在追求一种强烈的对比效果，实情并不见得如此。以上四句与下文联系来看，形成一种欲抑先扬的艺术效果。

州家申名使家抑，坎轲只得移荆蛮

“州家”，州官；“使家”，观察使，这里指当时的湖南观察使。“州家”、“使家”是当时民间口语。张署在郴州待命，州官将他的名字报上去请求提升，却被湖南观察使压了下来，致使他只能到江陵去做功曹之类小官。“坎轲”，即“坎坷”，本义是地不平，比喻不顺利、不得志。这两字写尽诗人和朋友心中的那份压抑之情和沧桑之感。“荆蛮”，指江陵，当时属荆州，被视为蛮夷之地。

判司卑官不堪说，未免捶楚尘埃间

“判司”，这里指功曹；“卑官”，小官。在唐代，在府的功曹属于小官，按规定有过失时要遭受鞭杖责打。“未免”，难免；“捶楚”，古代刑罚中的杖刑和鞭刑，这里是遭受杖刑、鞭刑之意。张署对于自己仅被授予功曹之职非常不满，感到前景黯淡。当然，这也是韩愈心中所感。

同时辈流多上道，天路幽险难追攀

“同时辈流”，指那些同时被贬抑流放的人；“上道”，走上通往京师的道路。“天路”，古代称朝廷为天庭，“天路”即指去往朝廷的路途。张署感慨同时被贬的人都得到了赦免升迁，正在回京师的路上。相比之下，他却处境凄凉。他感到通往朝廷的道路又险又远，难以攀越。以上都是诗人借用张署的歌辞来抒写自己的感受。近人高步瀛评这一笔法云：“以上代张署歌辞。贬谪之苦，判司之移，皆于张歌词中出之，所谓避实法也。”这种“避实法”使诗人可以从一个处境相同的“他者”的角度，更自由地抒写自己的愤慨之情。

君歌且休听我歌，我歌今与君殊科

从这句开始，转入诗人的直接陈述。诗人请求友人停止唱歌，改听他来倾述心曲。诗人说，我的歌曲和你的很不同。“休”，停止；“殊科”，不同。清代朱彝尊认为这种写作手法是“借张作宾主，又借歌分悲乐，总是抑人扬己”。其实诗人不见得有“抑人扬己”之心，这种分宾主来创作诗的手法，显然借鉴了汉赋的写法，通过两相对比来加强诗歌的艺术表现力。

一年明月今宵多，人生由命非由他，有酒不饮奈明何

在诗人看来，今晚的月光分外明亮，仿佛一年中的月光都集中到了今晚。面对人世的是是非非，诗人无奈地认为，除了拿天命、命运来解释，实在找不出别的理由。如果放着美酒不饮，放着明月不赏，怎么对得起这么美好的夜晚呢？“他”，其他因素。表面来看，诗人主张应豁达地接受所遭遇的一切，如果没有更好的办法去改变现状，无妨就坦然面对。只有邀赏明月，借酒消愁，才能忘却眼前无奈的烦恼。但在这种看似轻松的反语之下，诗人委婉地表达了更为沉郁的愤懑和不满。

评解

唐代诗坛姹紫嫣红，韩愈是其中的一株奇葩。其人奇，其诗亦奇。在韩愈之前，诗歌之所以为诗歌，在于它有着和散文截然不同的体式和表现手法。间或有突破格式、自创新句者，不过是偶尔为之。到了韩愈，创造性地把散文的笔法引入诗歌创作之中，从而形成了“以文为诗”的写作特点。

清代方东树评价这首诗，认为有“一篇古文章法”。这首诗的前四句通过“纤云”、“清风”、“月”、“沙”、“杯”等意象的叠加，构建出一个适合倾心相谈的月夜世界。接下来诗人引入张署的倾诉。张署的诉说，既有贬谪路上的辛苦，南蛮之乡的艰险，亦有新皇登基的喜悦和后来的失落，有反有正，有起有伏，层层推进，将被贬官吏的痛苦和际遇渲染得一波三折，扣人心弦。张署的倾诉，其实就是诗人内心的写照。诗人通过这种以宾为主、避实就虚的手法，使作品在结构章法上形成一个回旋跌宕的空间。收笔之时，诗人以旷达之语说出内心的不满，显得委婉曲折，余音袅袅。

谒衡岳庙遂宿岳寺题门楼

五岳祭秩皆三公，四方环镇嵩当中。
火维地荒足妖怪，天假神柄专其雄。
喷云泄雾藏半腹，虽有绝顶谁能穷？
我来正逢秋雨节，阴气晦昧无清风。
潜心默祷若有应，岂非正直能感通。
须臾静扫众峰出，仰见突兀撑青空。
紫盖连延接天柱，石廪腾掷堆祝融。
森然魄动下马拜，松柏一径趋灵宫。
粉墙丹柱动光彩，鬼物图画填青红。
升阶伛偻荐脯酒，欲以菲薄明其衷。
庙令老人识神意，睢盱侦伺能鞠躬。
手持杯珓导我掷，云此最吉余难同。
窜逐蛮荒幸不死，衣食才足甘长终。
侯王将相望久绝，神纵欲福难为功。
夜投佛寺上高阁，星月掩映云曈昽。
猿鸣钟动不知曙，杲杲寒日生于东。

谒衡岳庙遂宿岳寺题门楼 诗意图　费立浩 绘

题解

这首诗大约作于唐顺宗永贞元年（805）秋天。唐宪宗登基后大赦天下，诗人被授予江陵功曹。他由郴州出发，途经南岳衡山，夜宿岳寺，登楼赋成此诗。诗人到衡山时正值秋雨季节，但途中一度雨收云霁，衡山美景尽收眼底，令诗人心胸爽畅。后来他又游赏南岳寺，不以占卜得到吉卦为喜，不以贬谪蛮荒之地为悲。以上种种，都通过这首长诗表达得淋漓尽致。

【句解】

五岳祭秩皆三公，四方环镇嵩当中

“五岳”，中国五大名山的总称，即东岳泰山（在今山东泰安）、西岳华山（在今陕西华阴）、南岳衡山（在今湖南衡山）、北岳恒山（在今山西浑源）、中岳嵩山（在今河南登封）；“祭秩”，祭祀礼节；“三公”，古代中央三种最高官衔的合称，周朝时指太师、太傅、太保，后来一般用以指代位居极品的官员。“四方环镇”，东岳、西岳、南岳、北岳环绕四周；“嵩当中”，嵩山位居其中。据《礼记》记载，古代皇帝祭祀名山大川，用相当于三公的礼仪祭祀五岳。诗人起笔点出五岳的尊崇地位。

火维地荒足妖怪，天假神柄专其雄

南方之地荒凉，妖怪很多。上天赋予衡山以神权，使它雄镇南荒，压制妖怪。“火维”，中国古代认为天有四维，南方属火，因此以“火维”指南方；“荒”，荒凉；“足”，很多。“假”，给予；“神柄”，神的权力。这两句和开篇两句以虚写的方式彰显衡山气势，笔力雄奇不凡，为整首诗歌的基调作了良好的铺垫。韩愈在《送廖道士序》一文中也曾称赞衡山：“南方之山，巍然而高大者以百计，独衡为宗。最远而独为宗，其神必灵。”

喷云泄雾藏半腹，虽有绝顶谁能穷

从这里开始转入对衡山的实写。“喷云泄雾”，云雾缭绕的样子；“喷”、“泄”，意思是说云雾出自衡山。“藏”，这里作遮蔽解，云雾遮住了山腰。“绝顶”，山的最高峰，这里指衡山顶峰芙蓉峰。这两句是说衡山地势险峻，云雾缭绕，难以攀登。

我来正逢秋雨节，阴气晦昧无清风

诗人到达衡山的时候，正值秋季，雨水充沛。由于下雨，气压很低，没有清风吹拂，山林间充斥着阴暗潮湿的气息。“秋雨节”，秋天多雨时节；“阴气”，阴暗潮湿的气味；“晦昧”，幽暗，光线不明亮的样子。“晦昧”二字将山间水气深重、光线暗淡的景象描写得生动传神。

潜心默祷若有应，岂非正直能感通

诗人在静穆的大山之中静下心来默默祈祷，感觉山间神灵好像有所回应。这似乎印证了他的想法：人间的正道君子和神灵之间往往能够相通。“感通”，此有所感而通于彼，指不同的事物在感觉、感受上相通。诗人以天人感应之说为据，觉得作为忠臣正人的自己是能够得到衡岳之神青睐的。这里以夸张修饰且略带戏谑的手法，描绘南岳的神秘莫测。

须臾静扫众峰出，仰见突兀撑青空

这两句紧承前两句，似乎在说诗人的诚心祷告终于感动了衡山神灵。一会儿功夫，乌云居然散去了，衡山的万千美景终于尽收眼底。“突兀”，高耸，形容山峰高大险峻；“撑青空”，形容山峰很高。诗人看见衡山众峰突现，高峻雄奇，仿佛要撑破青天。把乌云散开描写为它被扫开，读来更有动感和内在张力。苏轼在《潮州韩文公庙碑》一文中有“故公之精诚，能开衡山之云”，指的就是诗中所写的情形。

紫盖连延接天柱，石廪腾掷堆祝融

“紫盖”、“天柱”、“石廪”和“祝融”都是衡山的山峰，这四座山峰加上芙蓉峰，是衡山最高的五座山峰。“连延”，山势连绵不绝的样子；“腾掷”，向上飞起之貌，这里用来形容山势起伏的样子。石廪峰山势起伏变化，更加映衬出祝融峰的高峻。诗人以“连延”、“腾掷”形容衡岳山峰，让大自然中的山峰顿然有了生命力，增强了诗句的感染力。

森然魄动下马拜，松柏一径趋灵宫

诗人为衡山雄奇的景观所震撼，连忙下马敬拜。一路上都是松树柏树，引导着诗人走到南岳庙。“森然”，严肃地；“魄动”，惊心动魄，心怀敬畏。“灵宫”，即诗题中的衡岳庙。在庄重肃穆的南岳庙建筑之前，有一条悠长的神道指引。“松柏一径”从客观上写出衡岳庙的庄重，“趋”字则从主观上写出诗人对衡岳庙的尊重和景仰。

粉墙丹柱动光彩，鬼物图画填青红

这两句突出描写南岳庙中的色彩感。白色的墙壁，红色的柱子，这两种耀眼的颜色交相辉映，首先映入诗人的眼帘。“动光彩”，光彩流动、交相辉映的样子。“填青红”，用黑色和红色颜料填充图画。四周都是鬼神的图画，青黑色或者红色填充在其中。白色、红色、黑色等几种纯粹的颜色混合在一起，周围又布满鬼神的画像，使得衡岳庙在庄重中又多了几分神秘感。

升阶伛偻荐脯酒，欲以菲薄明其衷

诗人沿着台阶走上去，恭敬地弯腰献上祭品，希望以此表达自己对神灵的虔诚之心。“伛偻”，弯腰鞠躬，恭敬的样子；“荐”，献上，呈献；“脯酒”，酒肉，代指祭品。“菲薄”，微薄之物，谦词，这里指呈献的祭品；“明”，表明，表达；“衷”，衷心，虔诚。

庙令老人识神意，睢盱侦伺能鞠躬

“庙令”，唐制，五岳各设令一人，秩正九品，掌管祭祀；“识神意”，知晓、理解神灵的意旨。“睢盱”，“睢”是抬起眼睛，“盱”是睁大眼睛，合起来就是睁大眼睛看的意思；“侦伺”，体察人意。诗人向南岳神灵默默祷告，这引起了管理南岳庙的老人的注意。这位老人似乎能和南岳神灵心意相通，他眼睛睁得很大地盯住诗人，似乎能揣测诗人的心意，并且态度周到，很客气。诗人来到云雾缭绕、充满神异的衡山，遇到这样一位庙令老人，感到他或许能够给自己一些启示和指点。

手持杯珓导我掷，云此最吉余难同

在庙令老人的引导下，诗人用杯珓占卜，结果非常吉利。“杯珓”，卜卦用的一种器具，用两块蚌壳或者形似蚌壳的竹木片做成，抛掷于地，三祷三掷，观其俯仰以占吉凶；“导”，引导。“余难同”，意思是说其它的形状都比不上现在的这种形状。这无疑给情绪上比较苦闷的诗人带来了希望的曙光。但接下来诗人笔锋回转，又将诗的意向引到了另外一条思路上。思路如曲径通幽，体现出韩诗“奇”的特点。

窜逐蛮荒幸不死，衣食才足甘长终

虽被贬谪到边远的阳山，但和失去生命相比，无疑还是幸运的。在阳山的生活比较艰苦，但也还能维持日常衣食，由此诗人也甘愿终老于阳山。“蛮荒”，泛指远离京畿而文化、经济落后的僻远地区，这里指阳山。“衣食才足”，薪水俸禄仅够维持生计；“长终”，终老于此。这两句表达出诗人处于逆境也能安常处顺的开阔心胸。

侯王将相望久绝，神纵欲福难为功

“望”，这里指想做王侯将相的愿望。“纵”，纵然，即使。清潘德舆《养一斋诗话》评价这两句“高心劲气，千古无两”。诗人说，想做侯王将相的念头早已断绝，就算神仙想赐福给我，也很难成功。诗人对待个人遭际态度虽然比较豁达，但他对现实仍有牢骚和不满。清代诗人查慎行读到这里，评价道“崛强犹昔”，看出韩愈处世态度刚直、刚强，甚至有些桀骜不驯。

夜投佛寺上高阁，星月掩映云朣胧

山中的夜晚静谧而安祥。诗人在南岳庙留宿，登上高阁，抬头望见云层浅淡，星星和月亮相互掩映，发出柔和而模糊的光芒。“朣胧”，形容月亮将明不明、朦朦胧胧的样子。这里是说云层笼罩，月光朦胧。月夜最容易引人深思。诗人登高望远，回想自己经历的许多事情，不禁心绪扰动。

猿鸣钟动不知曙，杲杲寒日生于东

诗人欣赏夜景，陷于沉思。不知不觉，猿猴开始鸣叫，有人敲响了晨钟，原来天已经亮了。秋天深山的早晨还是很冷，抬头望去，太阳已经从东方冉冉升起了。“猿鸣”，南朝谢灵运《从斤竹涧越岭溪行》一诗中有“猿鸣诚知曙，谷幽光未显”。诗人化用谢诗，反其意而用之。“杲杲”，日光明亮的样子；“寒日”，秋天早上的深山还是有些寒冷，感觉刚升上天空的太阳也带有寒意。深山之中，天寒露重，旭日初升，“寒”字传神地写出了秋天早晨的景致。

评解

这首诗结构巧妙，写景、抒情豪放，颇能代表韩愈诗歌的风格。开头六句从五岳起笔，落到衡岳，场面宏大，气势雄奇，很能激发读者跟随作者一起游历的兴趣。自“我来正逢秋雨节”到“鬼物图画填青红”，一路写景，视点从衡岳转到衡岳庙。其中写景笔墨豪放，刻画景色时有奇绝之处。如“须臾静扫众峰出，仰见突兀撑青空。紫盖连延接天柱，石廪腾掷堆祝融”四句，诗人天马行空的想像力和挥洒自如的笔法有很好的体现，读来让人有焕然一新的审美感觉。接下来的“升阶”六句叙事抒怀，表达诗人视富贵如浮云、敬鬼神而远之的心态。最后四句写景作结，在旭日升起的秋景中，诗歌引起的审美感受有绵绵不尽之感。全诗起承转合自然，写景、叙事、抒怀浑然一体，语言新奇且运转自如。此诗在音韵方面也颇有新意。一般而言，律绝忌用三平调（逢双句应当押韵处连用三个平声字），而这首诗却句句三平调，且平韵到底，显示出韩愈诗“横空盘硬语”（《荐士》）的特色。

榴花

五月榴花照眼明，
枝间时见子初成。
可怜此地无车马，
颠倒青苔落绛英。

题解

这首诗作于唐宪宗元和元年（806），当时诗人在江陵担任法曹参军的职务。他探望友人张署时作《题张十一旅舍三咏》，包括《榴花》、《井》、《葡萄》三首。诗人在此诗中托物言志，表达了高洁之志。

榴花 诗意图 李立公 绘

【句 解】

五月榴花照眼明，枝间时见子初成

诗的起句开宗明义，直接点明时令和季节以及要歌咏的对象。“照眼明”中的一个“明”字，把榴花的色泽和灿烂可喜点染出来，同时很好地传达出了诗人明快的心情。胡适曾经评价这句诗，认为诗人将榴花写得非常美：“例如‘五月榴花照眼明’一句何以美呢？美在用的‘明’字。我们读这个“明”字不能不发生一树鲜明逼人的榴花的印象。”（《什么是文学——答钱玄同》）红艳似火的榴花不仅美丽动人，有很高的欣赏价值；在它的枝头之上，还可以看见已有三三两两的石榴初长成。这让人不禁想到石榴成熟时的情景。明艳的榴花和初长成的石榴体现出旺盛的生命力，但又使人微有时光流逝之感。

可怜此地无车马，颠倒青苔落绛英

“可怜”，此处作“可惜”解；也有人认为当理解成“可爱”，表明诗人正爱其无人前来游赏。“颠倒”，乱七八糟、四处散落的样子；“绛英”，深红色的花，指榴花。可惜的是，这里地处荒僻，没有车马往来，石榴花的美以及枝间的果实无人欣赏。花开花谢，无人爱怜，地面青苔上四处散落着绛红色的榴花。红花和绿苔互相映照，组成赏心悦目的画面。表面来看，诗人遗憾此处地远人偏，榴花之美得不到应有的欣赏。但细细品味字里行间的意蕴，我们会发现在诗人的心中，石榴花甘于冷落，不趋时斗艳，这种品性更为可贵。既然如此，没有车马前来扰乱它，不也是好事吗？

评 解

韩愈作文以议论说理见长，写诗则以奇崛著称。但他偶尔写些小诗，却也清新可爱，表现了韩诗的另一种风貌。这首《榴花》就是很好的例子，不但文辞清爽，且托物咏怀，自有一份独到的思致。

此诗摹写物态鲜活灵动，且立意高远。五月是石榴花开放的季节，远看过去，一树灿烂的明花红艳似火，惹人喜爱。因为地处荒僻，人迹罕至，榴花随风四处飘落，只有苍绿的青苔与之映衬。诗人远离庙堂之高，谪居在外，他的遭际和榴花有几分相似。石榴花生于寂寞，凋谢于寂寞，其品格和诗人不求合于世俗的心情也有相通之处。宋陆游《卜算子·咏梅》，以梅花的孤傲来比喻作者自己的精神品格，其词云“驿外断桥边，寂寞开无主”、“零落成泥碾作尘，只有香如故”，与韩愈这首《榴花》有异曲同工之妙。

祖席

得前字

祖席洛桥边，亲交共黯然。
野晴山簇簇，霜晓菊鲜鲜。
书寄相思处，杯衔欲别前。
淮阳知不薄，终愿早回船。

题解

这首诗作于唐宪宗元和三年（808）。诗题中的“祖”字，原意为出行时祭祀路神，后引申为送行之意。这首诗是诗人为友人王涯而作的。元和元年，王涯因为外甥皇甫湜触犯当朝宰相而受到牵连，被贬为袁州（今江西宜春）刺史。朋友们为他设宴饯行，分韵作诗。韩愈作了两首诗为王涯送行，言语之中饱含安慰之意。这是其中一首，诗题小注中的“得前字”，是指诗人分到的是“前”字韵。

祖席 诗意图 王赫赫 绘

【句 解】

祖席洛桥边，亲交共黯然

亲人朋友们在天津桥边设宴为王涯送行，大家情绪都很低沉。诗人起笔沉郁，很好地烘托出送别的氛围。“祖席”，设宴送行；“洛桥”，指天津桥，在唐代河南府河南县（今河南洛阳）。“黯然”，精神沮丧或情绪低沉的样子。南朝江淹《别赋》中有“黯然销魂者，唯别而已矣”，意思是说送别之时，最容易让人情绪低落，伤感落泪。

野晴山簇簇，霜晓菊鲜鲜

“野”，郊外，野外；“簇簇”，聚集，环绕。“鲜鲜”，鲜明、鲜艳的样子。天气晴朗，郊外的山峰一簇簇地，看上去轮廓分明。清晨时分，沾带霜露的菊花显得分外鲜艳。这样好的季节，这样好的景色，朋友却即将远行，使诗人没有心情去欣赏身边的美景。

书寄相思处，杯衔欲别前

我们就要分别，以后只能通过寄信的方式来倾诉思念之情。在离别之前，我举起酒杯，祝愿你此去一路平安。“书”，书信，信件；“衔”，奉，举杯。“杯衔欲别前”一句，和王维的“劝君更尽一杯酒，西出阳关无故人”（《送元二使安西》）有相通之处。

淮阳知不薄，终愿早回船

“淮阳”，这里用汲黯的故事。据《史记·汲黯传》记载：“召拜（汲）黯为淮阳太守，黯伏谢不受印。上曰：‘君薄淮阳耶？吾今召君矣。’”诗人通过汲黯的典故安慰友人，说他将要去的袁州很不错。虽然如此，还是希望你能够早日回来。“终愿”二字表达诗人对友人的祝愿，蕴含着悱恻不尽的情谊。

评解

韩愈在创作中求变求新，致力于转变前人的陈言。即使同一题目、同一内容的诗歌作品，亦能够新意迭出，多彩多姿。对前人习用的体裁，他也常加改造。他的律诗不多，这首五律却是得意之作。

首联中的“黯然”二字为全诗沉重的送别氛围奠定了基调。“野晴山簇簇，霜晓菊鲜鲜”两句对仗工整，把秋景刻画得极为生动传神，是传世佳句。其写景之妙，不亚于《送桂州严大夫》一诗中的“江作青罗带，山如碧玉簪”。诗人巧妙地以“野”和“霜”作为主语，将原本是形容词性质的“晴”和“晓”拿来活用作动词，使诗歌呈现出强烈的“拗”的艺术效果，体现出韩诗“新奇”的特点。最后一句写得很微妙，既安慰友人说他将要去的地方是美好的，同时却又希望他能早日归还。诗意在略有递进的基础上，轻轻收回、落实，令人回味无穷。清人朱彝尊高度评价这首诗，认为它叙景述情皆有新意，章节结构亦有妙处。

游太平公主山庄

公主当年欲占春，
故将台榭压城闉。
欲知前面花多少，
直到南山不属人。

题解

这首诗作于唐宪宗元和八年（813）。太平公主是武则天的女儿，在武后、中宗和睿宗时期是一位炙手可热的权贵。据《新唐书》记载，她的田园都是京郊最肥美的土地，“天下珍滋谲怪充于家，供账声伎，与天子等”。她的山庄在长安附近，甲第连云，占地面积极广。后太平公主被唐玄宗赐死，她的山庄也被分赐给其他权贵。诗人到山庄游玩时，山庄早已不属于太平公主。他写此诗借古讽今，寓有深意。

游太平公主山庄 诗意图　王兴华 绘

【句解】

公主当年欲占春，故将台榭压城闉

遥想太平公主当年，处处都要占先。“占春”，占领最好的春色，比喻占据显要位置。一个“占”字，写出了公主昔日的骄横跋扈。“故”，故而，也有特意的意思；“台榭”，泛称楼台水榭等建筑；“压”，压下去，比下去；“闉”，古代城门外的护门小城墙，这里“城闉”指长安城内外的建筑。公主权焰熏天，为所欲为，甚至要以自家的建筑来压倒全长安城内外的建筑。“故”字把公主咄咄逼人的样子形象地刻画出来。

欲知前面花多少，直到南山不属人

诗人在山庄中游玩，他想知道山庄究竟有多大。但巧妙的是，诗人并不问方圆几何，而是追问花有多少。问花，一方面直接点出题目中的“游”，使得整首诗紧紧地环绕“游”来展开；另一方面，“花”和前面的“春”相呼应，使得整首诗在气脉上更为通畅。“南山”，终南山，距长安约五十里。山庄的花直开到南山，可见其占地之广了。结尾的“不属人”发人深省。从字面上来看，是说这么大的面积都由公主占据，不属于他人。这再次和“占”相呼应，委婉表达了诗人对以公主为代表的权贵们的不满。仔细推敲，可能还有更深的用意。山庄早已不属于公主。公主当年费尽心机要独占春色，占有更多的财富和土地。但她死后，山庄转入他人之手，现在看来，她也不过是徒劳。说到底，无论山庄还是春色，都不可能永远为公主之流所独占。

评解

在创作这首诗之时，韩愈已跻身唐王朝的高层官吏之列。他对一些国家政治问题有了更加清醒的认识和反思，这在他的创作中有积极的反映。他此时写的诗歌风格更加蕴藉含蓄，讽喻当世更加委婉迂回。这首诗便是如此。韩愈所游历的山庄历经变更，早已辗转落入他人之手。诗题目仍冠以“太平公主山庄”，可谓微言大义，发人深省。公主当年费尽心机，妄想占尽人间春色，贪念最后毁灭了她。公主已矣，而在当今之时，后来之世，步她后尘的权贵们不知道还有多少。诗人通过这首诗委婉地揭露当权者的倾天气焰，以及他们对土地、财物掠夺的惊人程度。但在他看来，不论如何，自然的时令季节、山川万物，人工的宫室殿阁、园林建筑，从来都不会永远为个别人所独占。这一条法则对公主来讲是如此，对于其他人而言亦应如此。

广宣上人频见过

三百六旬长扰扰，
不冲风雨即尘埃。
久惭朝士无裨补，
空愧高僧数往来。
学道穷年何所得？
吟诗竟日未能回。
天寒古寺游人少，
红叶窗前有几堆。

题解

这首诗作于唐宪宗元和九年（814），此时诗人在京城任职。上人是对僧人的尊称。广宣上人是一位很活跃的诗僧，以诗文和京城中的士大夫结交。诗人对广宣上人的频频造访甚感厌烦，因此写了这首诗，“频见过”暗含讽喻之义。

广宣上人频见过 诗意图 王赫赫 绘

【句 解】

三百六旬长扰扰，不冲风雨即尘埃

广宣上人一年到头不停地来拜访我，风雨无阻，灰尘难挡。“三百六旬”，一年到头，这里是经常之意；“扰扰”，忙乱的样子，语出《庄子·天道》“胶胶扰扰兮”。“冲”，冲撞，碰到。“扰扰”和“风雨”、“尘埃”放在一起形成鲜明对比，刻画出殷勤来访、奔走于权贵之门的上人形象。“扰扰”表明诗人无奈而不堪的心情。《诗经·风雨》中有“风雨凄凄，鸡鸣喈喈。既见君子，云胡不夷”，表达见到朋友时平静又喜悦的心情。诗人在这句中也暗用“风雨”的典故，却是在委婉表达对广宣上人频频造访的不满。

久惭朝士无裨补，空愧高僧数往来

“惭”，一作“为”。诗人说自己一直都很惭愧没有美好的品德和杰出的才能，对朝中大臣没有什么助益，也辜负了高僧屡屡造访的心意。“裨补”，有所补益。诗人这里说的显然是反话，可以理解为是对广宣上人拜访的委婉谢绝。“惭”、“愧”连用，诗人在自谦的同时，表达出他和上人在立身处世问题上的不同见解，他们之间有不可逾越的隔阂。

学道穷年何所得？吟诗竟日未能回

“道”，这里指儒家之道。“回”，回来，或者理解为回复。诗人说自己经年累月学习儒家圣人之道，探究圣贤的思想，却没有太多的心得和收获。整日吟诗，也顾不上回到住所；或者也可以理解为广宣上人以诗相赠，诗人自谦才疏学浅，整日推敲也无法答复。不管怎么说，这都是对广宣上人的回绝。诗人强调他学习的是儒家圣道，推崇的是孔孟之学，暗含他和上人之间有“道不同不相为谋”的意思。

天寒古寺游人少，红叶窗前有几堆

天气渐渐寒冷了，寺庙中的游人越来越少。寺僧也很少打扫庭院，以至窗前堆积了大量红叶。王维《山中》诗“荆溪白石出，天寒红叶稀”，“天寒红叶”的意象刻画出清冷寂寞的初冬景象。诗人化用王维诗意，表达他对上人的微讽之意。广宣上人的住所是寺庙，但他整日在外奔走，以至于很少待在寺庙之中。诗人说红叶堆积，无人打扫，旨在劝这位上人当回到寺庙之中。这仍然是在委婉表达对广宣上人的不满。

评解

韩愈一生以弘扬儒家之道为己任，排斥佛老等学说。但偏偏有所谓高僧广宣上人，频频以诗文讨教。诗人出于礼貌，又不能不略为敷衍，但内心深处对于这种奔走于权贵之门的僧人，是非常无奈而又鄙薄的。诗题中的“频”字已经表达出不耐之情。诗人采用了委婉暗示的手法，向广宣上人说明他的态度。诗人自谦的语气一以贯之，他在暗示广宣，你我之间的过多交往对双方都没有太多益处。最深处的原因是各自坚守的大道不同，各自安身立命的所在不同。

诗的结尾用意巧妙，意在讥讽僧人终日不归。诗人说天寒寺冷，红叶堆积，希望点醒广宣上人：既然号称高僧，就应该在寺庙中潜修佛理，弘扬佛法，何必终日奔走在外、踪迹难寻呢？清人何焯在《义门读书记》中分析说，广宣上人既然为僧，“亦有本分当行之事，奈何持末艺与朝士征逐，不惧春秋迅速耶？言外亦以警觉之也”，讲的也是这个意思。正如何焯所说，这首诗还意在传达一种诗人所谓“聪明不及于前时，道德有负于初心”的人生感喟（韩愈《〈五箴〉小序》语）。整首诗平易坦荡，不用事，不屈已徇人，言语之间颇能体现温柔敦厚的诗教精神。

赠贾岛

孟郊死葬北邙山，
从此风云得暂闲。
天恐文章浑断绝，
更生贾岛著人间。

题解

此诗写作时间不详。诗中提到“孟郊死葬北邙山”，则当作于孟郊去世之后，即元和九年（814）之后。孟郊、贾岛都以“奇”的诗歌风格著称，宋代苏轼用“郊寒岛瘦”评价他们的诗歌。韩愈对孟郊和贾岛的诗都非常欣赏。在这首诗中，他热情地赞扬贾岛的诗才，将他推举为孟郊之后的文坛新秀，体现出护惜人才、提携晚辈的胸襟和气度。

赠贾岛 诗意图 汪国新 绘

【句 解】

孟郊死葬北邙山，从此风云得暂闲

“北邙山”，山名，在河南洛阳北。自东汉以来，许多王侯公卿都埋葬于此。据韩愈《贞曜先生墓志铭》，孟郊死后，葬于洛阳东城祖坟处。如此来看，孟郊不一定葬在北邙山。诗中这样写，是为了强调孟郊其人才华的卓绝，以及其诗歌作品的重要性。孟郊已经离开人间，因为少了他，诗坛上的风云际会得以暂时消停，诗坛仿佛沉寂了许多。作品起笔有力，突出了孟郊的重要地位，也为下文推奖贾岛埋下伏笔。

天恐文章浑断绝，更生贾岛著人间

上天担心一代诗文的运脉会全部断绝，于是就再造出一个贾岛，让他降临人间来力挽诗坛的颓势。“浑”，整个儿，全然；“更”，复，再。这两句渲染并点出贾岛对于诗坛的重要意义。

评 解

韩愈对前辈孟郊的推重，通过《醉留东野》一诗我们已有所了解。而他对晚辈贾岛的护惜和提携，同样令人感动。唐韦绚撰《刘公嘉话》（因所记之事都是听刘禹锡讲的，故名）记载，贾岛因为斟酌“推”、“敲”两字未定，不觉冲撞了时任京兆尹的韩愈的仪卫队。韩愈不但不怪罪，反而帮他思索用字，因此而留下一段美谈和“推敲”这个典故。

这可以说是一首论诗诗，即评价诗歌的诗歌。韩愈的论诗诗有两个特点，一是以文为诗，将写散文的手法引入到诗歌作品中；二是想像丰富，诗句奇崛。这两个特点充分体现在这首短诗之中。全诗虽是写给贾岛的，却以“孟郊死葬北氓山”发端，章法安排上显得非常奇特。“从此风云得暂闲”一句，把关注点转到当前的诗坛，作品中的情绪一下子沉郁起来。然后“天恐文章浑断绝”一句语意再转，引出一个冥冥不可知的上天来。最后一句“更生贾岛著人间”则峰回路转，豁然开朗，原来作品的真正落脚点是在贾岛身上。这样一个起、承、转、合的关系，层层深入，如剥笋皮，终见内核。诗人断言上天唯恐人间文脉断绝，故生出贾岛。这一说法极力渲染贾岛其人的重要性，奇思妙想，令人叹服。

春 雪

新年都未有芳华，
二月初惊见草芽。
白雪却嫌春色晚，
故穿庭树作飞花。

题解

这首诗大概作丁唐宪宗元和十年（815）。这一段时期，诗人在仕途上比较顺利，历任考功郎中、知制诰和中书舍人等职务，和当时朝廷统治者比较接近。诗人心情愉快，见之于诗文。此诗写春雪，下笔明快，比喻新奇。

春雪 诗意图　王兴华 绘

【句 解】

新年都未有芳华，二月初惊见草芽

新年已经来了，但由于天气寒冷，花朵还没有开放。“芳华”，花朵开放、气息芬芳的样子。新年到来却没有看到开放的鲜花，失望的感觉在诗人的心头弥散，因为他是那样渴望春天的到来。接下来的转折，让人有“山重水复疑无路，柳暗花明又一村”之感。没想到的是，草木已经悄悄地萌芽，它们在告诉人们春天的到来。“惊”字可理解为惊讶兼惊喜之意，传神地表现出诗人对春天到来的欣喜之情。

白雪却嫌春色晚，故穿庭树作飞花

目睹春雪飘飘，诗人突发奇想：白雪居然也埋怨春天来得太晚，所以它迫不及待地飘过庭院，化身为树木的花絮，急着去点缀春天的图景了。“故穿”，故意穿过、飘过。这两句描写早春下雪的情形，紧扣题目，在表现手法上亦新颖独特。岑参《白雪歌送武判官归京》中形容白雪是“忽如一夜春风来，千树万树梨花开”。韩愈把春天和白雪联系起来，在构思上和岑诗有相通之处，但运用得更加巧妙。他用拟人化的手法写春雪，仿佛春雪是一个可爱的孩子，盼春不到，居然迫不及待地自告奋勇，用化身花絮的办法，去营造一派春天的热闹景象。“嫌”字和“穿”字赋予春雪以生命和灵性，让全诗显得轻快活泼。

评 解

历代咏雪的名篇佳作颇多。岑参的“忽如一夜春风来，千树万树梨花开”，刻画雪景已臻化境。如何推陈出新，另辟新的意境，的确是一种挑战。韩愈这首《春雪》造意新奇，比之岑诗毫不逊色。原本是因为天寒地冻，雪花飞舞，才使得百花推迟绽放。但在诗人的妙笔点化之下，春雪却因为等候春天太着急，才迫不及待穿过庭院，飞上枝头，妆点春意。诗人反因为果，反客为主，赋予春雪以生命的灵性，的确是神来之笔。

盆池

瓦沼晨朝水自清，
小虫无数不知名。
忽然分散无踪影，
惟有鱼儿作队行。

题解

这首诗作于宪宗元和十年（815）夏天。诗人这段时间在长安官场中比较顺利，有时间和精力调理个人生活。中国文人喜好在大自然中修身养性，通过与动植万物的接触，体会和领悟大道。韩愈亦是如此。他在院子里埋盆汲水，作池以蓄养小鱼，并作《盆池》五首。这是其中的第三首。

盆池 诗意图　王兴华 绘

【句 解】

瓦沼晨朝水自清，小虫无数不知名

“沼”，小池，“瓦沼”就是用瓦盆蓄水当作池沼。经过一晚上的积蓄和沉淀，早晨的盆池中水清见底。但诗人却看不见鱼儿的身影，只发现很多不知名的小虫。“小虫”，当指饲鱼的小红虫。诗人作盆池以蓄水，好像并没有特别地去精心护理和照看，盆中之水却依然按照自然规律澄清了自己。做人或许也应该是这样的吧。当处于困厄逆境之时，需要去静静守候，坚守自我，自然会有水清见底的一天。从“水自清”过渡到“小虫无数”，给人以突兀之感，这为后两句的转折埋下了伏笔。

忽然分散无踪影，惟有鱼儿作队行

原本聚集在一起的小虫忽然一下子散开，不见了踪影。诗人看到鱼儿们在盆池中间排成一队队的形状，在水中游动。诗人作池蓄水原本是为了养鱼，怎知小虫们喧宾夺主，反而占据了盆池。幸好这只是暂时的现象，很快虫散鱼出，又看到鱼儿在水中快乐地游动着了。当然，小虫“分散无踪影”，也可理解为是被鱼儿分食了。“队行”，排成一队队的形状。以“作队行”来形容鱼儿，口吻俏皮，饶有趣味。

评 解

在经历一次次的政治风波后，诗人于元和六年（811）又回到长安，度过了一段安宁时期。除了继续向当政官员宣扬他的政治理想、弘扬儒家之道外，已过不惑之年的韩愈开始将一部分精力投向自我生活的丰富。这段时间他创作了一些写景、咏物诗，大都笔触柔和，格调轻快。尽管如此，他始终没有忘记“原道”的远大理想，诸多咏物诗中不时出现言志之语。例如在《读皇甫湜公安园池诗书其后》诗中，他说：“我有一池水，蒲苇生其间。虫鱼沸相嚼，日夜不得闲。我初往观之，其后益不观。观之乱我意，不如不观完。用将济诸人，舍得业孔颜。百年能几时，君子不可闲。”可见儒家的孔子、颜回之业还是他内心深处最为挂念的。本诗题中的盆池，诗人也把它看作是一个小世界。他坚信人世间邪不压正，而盆池之中亦然，鱼儿最后还是会重新畅快自在地游动起来。

晚 春

草树知春不久归，
百般红紫斗芳菲。
杨花榆荚无才思，
惟解漫天作雪飞。

题解

这首诗选自韩愈的组诗《游城南十六首》。《游城南十六首》并非同时所作，这首《晚春》约作于元和十一年（816）。此诗写城郊晚春时节的风景，并托物言志。对此诗后两句的解释历来众说纷纭，也在一定程度上说明这首诗的独特魅力。

晚春 诗意图　王兴华 绘

【句 解】

草树知春不久归，百般红紫斗芳菲

“草树”，花草树木。“红紫”，形容草树姹紫嫣红地绽放；“斗芳菲”，争奇斗艳，比美。已经到了晚春时候，花草树木或许知道春天即将离开，因此抓紧时间来争奇斗艳。韩诗喜用拟人手法，赐予景物以生命和灵性，使得诗歌非常生动，有活泼的意趣。

杨花榆荚无才思，惟解漫天作雪飞

“杨花”，指柳絮，因柳又称杨柳，故名。“榆荚”，即通常所说的榆钱。榆树的果实初春时先于叶而生，联缀成串，形似铜钱，俗称榆钱。“无才思”，杨花、榆荚都是浅白色或略泛黄，和众多花草树木比较起来显得没有颜色，就像没有才思的人一样缺乏吸引力。“惟解”，只懂得；“漫天”，满天。诗句中的“无才思”有一定寓意，但后人解释说法不一。有人认为诗人借杨花、榆荚讽刺那些没有才华的人。杨花榆荚没有红紫鲜艳的颜色，就像无才学的人缺乏内在的精神之美，所以它们在百花斗艳的时候，只能像雪花一样满天飞舞，聊为点缀。另一种说法则认为诗人借杨花、榆荚鼓励那些“无才思”的人。既然杨花、榆荚都能勇敢地用自己朴实无华的色泽，点染晚春美景，那么“无才思”的人更应该敢于创作、勇于表现。结合韩愈的文学观和为人处事的态度，后一种说法可能更近于他的本意。单就写景而言，这两句情景交融，不失为咏叹晚春之景的名句。

评 解

中国文学中有“立象以尽意”的艺术表现传统。所谓“书不尽言，言不尽意”，语言所难以完全表达的地方，高明的诗人就通过抉取意象、营造意境，赋予作品深刻而丰富的思想内涵。而后世读者也可以仁者见仁，智者见智，根据自己的经验和体会去解读作品。此诗后两句如何阐释，一直存在较大的争论。争论本身就说明，诗人通过诗歌传达的意蕴是丰富生动的，因而人们才会有不同的理解和阐释。韩愈是“文起八代之衰”的文坛领袖，他提倡古文，追踪圣人，同时又喜好以文为戏。他的文集中既有《原道》、《师说》等思想醇正的古文，又有诙谐有趣的杂文篇什。他热情鼓励那些被常人认为是“无才思”的人去大胆创作。唯其如此，整个诗坛文苑才会更加丰富多彩。

调张籍

李杜文章在，光焰万丈长。
不知群儿愚，那用故谤伤！
蚍蜉撼大树，可笑不自量。
伊我生其后，举颈遥相望。
夜梦多见之，昼思反微茫。
徒观斧凿痕，不瞩治水航。
想当施手时，巨刃磨天扬。
垠崖划崩豁，乾坤摆雷硠。
惟此两夫子，家居率荒凉。
帝欲长吟哦，故遣起且僵。
剪翎送笼中，使看百鸟翔。
平生千万篇，金薤垂琳琅。
仙官敕六丁，雷电下取将。
流落人间者，太山一毫芒。
我愿生两翅，捕逐出八荒。
精诚忽交通，百怪入我肠。
刺手拔鲸牙，举瓢酌天浆。

调张籍 诗意图 赵晨 绘

腾身跨汗漫，不着织女襄。

顾语地上友，经营无太忙。

乞君飞霞佩，与我高颉颃。

题解

这首诗大约作于唐宪宗元和十年（815）。中唐时期，李白、杜甫的诗歌已经被越来越多的人认可，但还没有引起特别重视。关于二人孰高孰低的评价也纷纷扰扰，未有定论。而当时诗坛更流行的是以元稹、白居易为代表的元白体诗风。张籍，字文昌，与王建并称“张王”，是新乐府诗歌运动的重要人物，与元、白友善，诗风也接近。同时他也是韩愈的朋友。韩愈尊崇李白和杜甫，对诗歌风格的追求与张籍有所不同。韩愈写这首诗和张籍探讨对李、杜诗歌作品的看法，并批评当时某些人对李、杜的不公正评论。调，意谓调侃、戏赠，表示是以轻松的方式与友人探讨。此诗笔力纵横恣肆，想像瑰丽奇特，充分体现了韩诗雄奇险峻的特点。

【句 解】

李杜文章在，光焰万丈长

“李杜”，指李白、杜甫；“文章”，泛指诗文作品。韩愈在诗的开篇热情地讴歌赞美李白和杜甫的作品，认为他们的诗篇像稀世珍宝一样流传人间，散发着耀眼夺目的光芒。诗人有意使用“万丈长”之类夸张奔放的笔法，颇近李白诗风。

不知群儿愚，那用故谤伤

李白、杜甫的文学成就有目共睹，不知道为什么还有那么多人如此愚蠢，要去诋毁中伤他们的作品呢？“不知”，也可以理解为“无知”的意思；“群儿”，指那些诋毁李白和杜甫的幼稚可笑的人。“那用”，哪里用得着；“谤伤”，诽谤中伤。在诗人看来，李、杜诗歌的魅力和成就，绝不会因为无知者的中伤诋毁而受到任何影响。诗人在《石鼓歌》中称道李、杜的才华，有“少陵（杜甫）无人谪仙（李白）死，才薄将奈石鼓何”的哀叹。杜甫在《戏为六绝句》中推重初唐四杰的诗歌创作成就，反对贬损他们的价值：“王杨卢骆当时体，轻薄为文哂未休。尔曹身与名俱灭，不废江河万古流。”韩愈这两句和杜甫此诗用意有相通之处，可能也是有意师其意。“不知”和“那用”连用，在语气上加强了肯定的力度。

蚍蜉撼大树，可笑不自量

“蚍蜉”，一种大蚂蚁，这里比喻微小的力量；“撼”，摇动，晃动。蚂蚁和大树在体积上相差甚远，如果想要摇动大树，那根本就是不自量力，并且非常可笑。那些诋毁李、杜的人与李、杜相比，才华和修养差得太远，有如微小的蚂蚁和参天大树之间的关系。他们想要否认李、杜在诗坛的地位，那是根本不可能做到的，他们的想法和作为只会让自己显得愚蠢而可笑。“可笑不自量”一句写出了诗人对“群儿”的不屑。在诗人的心目中李、杜的位置是如此之重要，他不能容忍有人去肆意诋毁他们的成就。

伊我生其后，举颈遥相望

诗人说，我生在李白、杜甫之后，只能伸长了脖子去追寻他们的踪迹。“伊”，句首语助词；“举颈”，伸长脖子。“举颈遥相望”一句生动形象地勾勒出诗人深情遥望的神情，传达出诗人对李、杜深深的仰慕之情。

夜梦多见之，昼思反微茫

晚上做梦，会经常见到李白和杜甫。但白天醒过来后，仔细回想他们的样子，反而觉得不清楚了。“微茫”，不清楚。俗话说“日有所思，夜有所梦”，杜甫《梦李白》有“故人入我梦，明我长相忆”。诗人以写梦的方式再次表达对李、杜的思念和敬仰。

徒观斧凿痕，不瞩治水航

在诗人看来，李、杜二人的诗作就像大禹治水一样，现在只看到当年斧凿的痕迹，但水下的航道已经无法发现，治理大水的经过也无从得知。“徒”，只，仅。这里借用大禹治水的例子，比喻李白、杜甫的诗歌虽存留人间，但他们的创作思路、经验和体会已经无从得知。诗人感到非常遗憾。

想当施手时，巨刃磨天扬

“施手”，施展身手，展示本领；“磨天扬”，举得很高。这里继续借用大禹治水的宏大场面来比喻李、杜的诗歌创作。诗人想像大禹治水之时，必然是将巨斧举得很高，几乎要碰到天了。这一比喻彰显李、杜诗歌惊人的气势。

垠崖划崩豁，乾坤摆雷硠

“垠崖”，悬崖；“崩豁”，悬崖崩塌发出巨响。“摆”，震荡；“雷硠”，像惊雷那样巨大的声响。利刃劈开悬崖，天地震荡，发出巨大响声。诗人想像李白、杜甫的作品犹如鬼斧神工，创作过程就像大禹治水一样天崩地裂，动人心魄。这一想像的灵感或许来自杜甫《寄李十二白二十韵》一诗中所云“笔落惊风雨，诗成泣鬼神”。

惟此两夫子，家居率荒凉

诗人感慨李白、杜甫这样的旷世奇才，人生遭际却都是坎坷不平的。“率”，都；“荒凉”，遭际坎坷、冷落的意思。诗人的笔触从天马行空的想像场景，一下子转到对二人冷落生平的感慨上。由上句的极热，一下子转入极冷，让读者不由自主地对李、杜的人生境遇发出感慨。

帝欲长吟哦，故遣起且僵

“帝”，天帝；“吟哦”，吟诵诗歌。“故”，故而；“起”，起用；“僵”，倒下。诗人认为，所有的一切或许都是天帝在背后操纵。因为天帝很想长期读到李白、杜甫的好诗，才派遣他们来到人间，赐给他们卓绝的才华，使他们从芸芸众生中脱颖而出；但同时天帝又制造磨难，让他们经历坎坷，使他们能写出更多动人心魄的诗作。《孟子·告子下》里说过这样一段话：“故天将降大任于斯人也，必先苦其心志，劳其筋骨，饿其体肤，空乏其身行，行拂乱其所为，所以动心忍性，曾益其所不能。”李、杜既然承担上天的使命，那么他们也要承受在人世间的艰辛磨难。诗人这样来理解李、杜的人生道路，表现出豁达乐观的态度。

剪翎送笼中，使看百鸟翔

诗人用鸟被囚禁来比喻李、杜的生平遭际，是对上两句的阐释和发挥。李、杜就像是两只不凡之鸟，但天帝故意剪去他们的羽毛，将他们囚禁在笼中，让他们看着笼外飞翔的百鸟。这两位诗人因为痛苦而激发出旺盛的创作力。“翎”，鸟翅或尾上的长羽毛。“剪翎”句语出汉末祢衡《鹦鹉赋》：“闭以雕笼，剪其翅羽。”

平生千万篇，金薤垂琳琅

“薤”，古代有倒薤书，属小篆体，其形如薤叶倒披；薤是多年生草本植物，属百合科，叶细长如韭。“金薤”即把金字写在玉版之上，是对书法的美称，这里指精彩绝伦的诗歌作品。李白和杜甫创作了大量的非常精彩的诗篇，琳琅满目，美不胜收。“金薤”一句制造出鲜明的视觉效果。后世人经常沿袭韩愈的这种用法，如明代张以宁《题李白问月图》有“骑鲸寥廓忽千年，金薤青荧垂万篇”。

仙官敕六丁，雷电下取将

“仙官”，天上的官吏；“敕”，吩咐，命令；“六丁”，神将；“取将”，取来。因为天帝喜欢读李、杜的诗篇，所以让天神下凡，将其诗篇取回天上。传说天神下凡之时，伴有雷电，这里用来渲染李、杜诗作的杰出效果。

流落人间者，太山一毫芒

正因为天帝拿走了李、杜诗篇中的大部分，所以他们流落在人间的作品只是很少一部分。“太山”，即泰山；“毫”，细长而尖的毛；“芒”，草木茎叶上或谷类种壳顶端的尖刺。“毫芒”犹言一丁点。把“太山”和“毫芒”放在一起加以对比，突出了李、杜作品留传之少，强调了诗人的惋惜之情。诗人借此还表达了另外一层意思：世人未见李、杜作品的全貌即妄生议论，岂不是太“愚”了吗?

我愿生两翅，捕逐出八荒

从这句开始，作品转入诗人自我想像的天地中。诗人希望变成鸟儿，身插双翼，追随李白、杜甫的踪迹，直到很远的地方。“捕逐”，追逐；“八荒”，八方，指很远的地方。在中国文学传统中，文人往往喜欢用变身为鸟来设喻，表达他们追求自由和浪漫的理想，如古诗“愿为双黄鹄，送子俱远飞”、“愿为双黄鹄，高飞还故乡”等。诗人在此借用传统表现手法，表达在诗歌王国中自由翱翔的渴望。

精诚忽交通，百怪入我肠

在诗人的想像中，他和李、杜的精神得到很好的交流融通，于是种种奇思妙想和创作灵感都进入他自己的意识中。“交通”，相通；“百怪”，各种各样怪异的思想。那些曾经让李白、杜甫写出锦绣诗篇的神秘因素，开始左右诗人的精神意识，于是他也可以在诗歌王国中驰骋才华了。

刺手拔鲸牙，举瓢酌天浆

“刺手”，空手之意。“酌”，舀取；“天浆”，天上的玉液琼浆。诗人想像，他飘荡在无垠的世界中，可以下海拔取鲸鱼的牙齿，可以上天舀取天庭的酒浆。他的创作能力已经如天马行空，无所羁绊。诗人在自己设想的精神世界中得到了极大的自信和满足。杜甫《戏为六绝句》中有“未掣鲸鱼碧海中”，李白《短歌行》中有“北斗酌美酒，劝龙各一觞”，这两句似化用李、杜的诗句而来。也有人认为，前一句比喻诗歌的高洁，后一句比喻诗歌的沉雄。

腾身跨汗漫，不著织女襄

“汗漫”，广大而不可知，无拘无束、漫无边际，语出《淮南子·道应训》；这里喻指天空，并且诗人把它视为有形体可“跨”的东西。“襄”，驾车的马，此处指驾车。《诗经·小雅·大东》有“跂彼织女，终日七襄”，是说织女星从早到晚越过七个星次，也有人解释认是织女驾车的意思。诗人借用这个典故，表达自己在广阔无垠的天空中的那份自由自在。不需要织女来驾车，或者说不会碰到那在移动的牛郎织女星，因为他将充分体验在太空中自由奔驰的感觉。诗人着力描写李、杜之诗的不凡，表示自己要上天入地去追求。

顾语地上友，经营无太忙

诗人认为追随李、杜的踪迹，在诗歌王国中驰骋才华是相当惬意的事情。他希望友人张籍也能分享自己的这份经验和体会，放下手头的事情，和他一道去践行他的主张。“地上友”，指张籍。“经营”两字有微讽之意，表达出对朋友的关心和爱护，其中又有一定的督促意味。

乞君飞霞佩，与我高颉颃

全诗的结尾处，诗人勉励张籍和他一起向李白和杜甫学习，写出更好的诗歌作品。“乞”，这里是给予之意；“飞霞佩”，借指仙人的衣服。“颉颃”，鸟飞时上时下的样子，后引申为与某人不相上下。诗人用光彩灿烂的仙衣和比翼齐飞的双鸟形象来比喻他和张籍之间的关系，希望他们能一起在诗歌领域高飞。诗人的想像激情澎湃，同时又带有现实感很强的鼓励和讽喻。

评解

清代叶燮《原诗》说“韩诗为唐诗之一大变。其力大，其思雄”。韩愈开创出一种独特的诗歌风格，其诗想像雄奇、结构奔放的特点，在这首诗中有突出的体现。

全诗可分为三部分。第一部分是前六句。诗人通过铿锵有力的语句，断然否定无知之人对李、杜的诋毁，高度肯定他们在诗歌领域中的崇高地位。

中间二十二句为第二部分。诗人凭借思落天外的想像力，挥洒如椽之笔，把种种不可思议的意象、情境勾画出来，着力渲染李、杜卓绝神奇的诗才。最后十二句为第三部分。诗人笔锋一转，把自己幻化成翱翔在另外一个世界中的精灵，追随李、杜诗歌创作的轨辙，在诗歌王国中自由表达。这既是对李、杜的诗才进行再次肯定，又表达出诗人自己的创作宣言。诗人最后勉励朋友，依然运用比喻的方式。纵观全诗，诗人纵横捭阖、收放自如的想像力和驾驭大场面的笔法极具震撼力。清代朱彝尊认为这首诗是议论诗中的别调，“以苍老胜。他人无此胆”。

听颖师弹琴

昵昵儿女语，恩怨相尔汝。
划然变轩昂，勇士赴敌场。
浮云柳絮无根蒂，天地阔远随飞扬。
喧啾百鸟群，忽见孤凤凰。
跻攀分寸不可上，失势一落千丈强。
嗟余有两耳，未省听丝篁。
自闻颖师弹，起坐在一旁。
推手遽止之，湿衣泪滂滂。
颖乎尔诚能，无以冰炭置我肠。

题解

这首诗作于唐宪宗元和十一年（816）。比韩愈晚一些的诗人李贺也写过一首《听颖师弹琴歌》，其中有“竺僧前立当吾门，梵宫真相眉棱尊”之句。由此可知，颖师是一位来自异域、善于弹琴的和尚，颖是其名，师是对佛徒的尊称。以诗歌形式来描绘乐器的音声之美，是唐代诗人的风尚。这首诗把琴声描绘得声情并茂，生动传神，是以音乐为主题的文学作品的代表作之一。清代方扶南把它与白居易的《琵琶行》、李贺的《李凭箜篌引》并称为“摹写声音至文”（《李长吉诗集批注》）。

听颖师弹琴 诗意图　王赫赫 绘

【句解】

昵昵儿女语，恩怨相尔汝

“昵昵”，一作“妮妮”，亲密、亲近的样子；“儿女”，这里指共沐爱河的少男少女。相爱的男女之间互诉衷肠，似有表达不尽的缠绵和温存，在轻柔琐碎的言辞语态中传递细腻的爱意。但爱恨相生，时而难免又会以嗔怨相对，有如在缓缓流水中激起涟漪，虽微澜不惊，却也起伏有致，牵惹人意。“尔”、“汝”都是第二人称。晋代之时，江南民间已有《尔汝歌》，每句都以“尔”或“汝”开头，以示关系亲密。当爱人间省去表示尊敬的称呼，而彼此直接以第二人称“你”相称时，正可表达出那份毫无客套的亲切。此句以谈情说爱时的亲密无间以及其中的细微变化，形象地描绘琴声的轻柔，而在这自然流淌的轻柔中，也不乏变化的节奏韵律。

划然变轩昂，勇士赴敌场

“划然”，忽然、突然之意；“轩昂”，物体高峻之貌，常用来形容人的精神饱满，气度不凡；这里用来形容琴声的音调高昂激烈。这两句刻画琴声突然由娓娓道来的靡靡轻柔，转入雄壮高亢的境地。琴声的突然变化，好比缠绵悱恻的情人转眼就变作一个气宇轩昂的勇士，他要奔赴战场，英勇杀敌。刚才还是柔情蜜意，恩怨尔汝，现在已经到了刀光剑影、沙场点兵的时刻。诗人把听觉感受转化为具有典型意义的情境和画面，通过两个迥然不同场景的转化，烘托出琴声变化时的艺术感染力。

浮云柳絮无根蒂，天地阔远随飞扬

音声之美在付诸听觉之后，引得倾听者浮想联翩。诗人将缥缈的音声转换为与之呼应的画面：浮云柳絮随风轻飏，没有什么牵绊，可以在天地之间浮荡漂游，无处不在。正如音声在纵横收放中展现其魅力，时而轻柔，时而高昂，时而又悠扬不羁。

喧啾百鸟群，忽见孤凤凰

百鸟齐鸣，争相一展歌喉，好一幅喧腾热闹的场景！“喧啾”，喧闹嘈杂。在这不胜喧杂之时，忽有孤凤长鸣，音声嘹亮，清澈沁脾。诗人用喧腾的百鸟和孤鸣的凤凰，来比拟琴声的繁复和澄净。

跻攀分寸不可上，失势一落千丈强

琴声的妙处在于高低强弱的变化，一会儿高入云霄，一会儿又一落千丈。“千丈强”，千丈有余，极言下落之深、下落之易。与之对应的是，琴声在高处时，再往上走一点都万分艰难。以上诸句极力表现琴声变化随心所欲，从容自在，说明弹奏者颖师确有不凡的技艺。

嗟余有两耳，未省听丝篁

在变化着的琴声中，诗人的精气神被牢牢地抓住了。他不禁嗟叹自己没有一双懂音乐的耳朵，来早早欣赏如此美妙绝伦的琴声。这是自谦之辞，也暗示出颖师琴艺造诣的高超。“丝篁”，弦管乐器，这里借指音乐；“未省”，未曾懂得。自这两句开始，诗人开始直接描写自己听琴过程中的心境和动作。

自闻颖师弹，起坐在一旁

诗人通过描述自己开始听琴时的动作仪态，表达自己专注的神情，以此衬托琴声的引人入胜。“起坐”，起身，坐起。阮籍《咏怀》诗有“夜中不能寐，起坐弹鸣琴”，这里“起坐”的是弹琴者。而本诗中“起坐在一旁”中的则是倾听者。诗人荡开一笔，转而写自己，应和了诗题中的“听”字。另外，在对颖师琴艺的表现上，也传达出一种“未成曲调先有情”的意味。

推手遽止之，湿衣泪滂滂

诗人急忙推开颖师抚弄琴弦的手，请他不要再弹下去。因为作为倾听者，诗人的情绪已经不能控制，泪水早已弥蒙了双眼。“遽”，急速；“滂滂”，水流很大的样子，这里比喻眼泪流得很多。这个时期，韩愈从中书舍人贬官为太子右庶子，心境难免有些失落和伤感。琴声蕴涵的情感力量深深打动了他。他的心绪随着琴声的起伏变化而动，最后竟不能自控，于是不忍心再听下去。

颖乎尔诚能，无以冰炭置我肠

诗人忍不住直呼琴师之名：你弹琴的技艺实在是太高了，但我还是希望你不要再继续弹，否则在琴声中我将经受不住这份如冰炭交相折磨的痛苦。“无以”，不要；“冰炭”，冰块和炭火两不相容，这里用来比喻反差极大的事物。情感的喜和惧交战于胸中，就像一冷一热的冰炭同时置于五脏中一样，让人不得轻松。此比喻可能出于《庄子·人间世》“朝受命而夕饮冰，我其内热与”之句。颖师的琴声让诗人的情感剧烈波荡，忽冷忽热，时高时下，难以承受。诗人以这样一种婉曲的方式，称赞对方高超不凡的琴技。

评解

一般认为琴属雅乐，它的音声主和平中庸之美。即使其感人之处，也让人哀而不伤。但韩愈在这首诗中所描绘的琴的音声，却极尽高低上下的变化，在有些人看来，似有躁急之弊，这似乎不应该是琴音所宜有的。围绕着这首诗，还引发了后人的争论。宋代欧阳修就对苏轼说，韩愈这首诗应当是写听琵琶的，韩愈并没有写出琴声的特质。后世也有人据此认为，韩愈并非知音，颖师亦非善琴。可惜现在我们已经听不到当初的演奏了，诗人究竟是在咏琵琶，还是咏琴，颖师的琴艺到底高明与否，就不得而知了。但这并不影响此诗成为描写音乐的名篇。

这首诗以五言为主，杂以七言。通篇以贴切而生动的比喻写音乐，娴熟地运用通感手法，打通人的听觉和视觉。诗句本身同样具有丰富多变的音乐之美，在艺术表现力上确有其独到之处。清代朱彝尊称颂此诗为“古今绝唱”。

晚寄张十八助教周郎博士

日薄风景旷，出归偃前檐。
晴云如擘絮，新月似磨镰。
田野兴偶动，衣冠情久厌。
吾生可携手，叹息岁将淹。

题解

这首诗作于唐宪宗元和十一年（816）。张十八，指诗人的好友张籍，他排行十八。周郎，指周况，周况娶韩愈的侄女为妻，按照唐人的风俗，称呼女婿为郎。周况当时官居四门博士，所以称之为周郎博士。韩愈在这一年中因上书言事，由中书舍人降职为太子右庶子，情绪较为低沉。这首诗对宦海生涯有深深的厌倦之情，应当是诗人那段时间心情的真实写照。

晚寄张十八助教周郎博士 诗意图

汪国新 绘

【句 解】

日薄风景旷，出归偃前檐

太阳就要落山了，傍晚的景色显得空旷寂静。“日薄”，日薄西山，天色渐暗；“旷”，空旷。诗人从外回到家中，静静地在屋檐下休息。“偃”，仰卧，休息；“檐”，屋檐，也可以解释为屋檐下的平台。起笔两句，将一个寂寞而又略带疲倦的诗人形象展现在读者面前。将这两句和孟浩然的名句“野旷天低树，江清月近人”（《宿建德江》）比照一下，可以发现，两首诗作虽然创作背景、地点不同，但“旷”字都传达出了诗人落寞又无奈的心境。

晴云如擘絮，新月似磨镰

在诗人的眼中，天上细碎的云朵好像被掰开撕裂了的棉絮；而冉冉升起的新月呢，则有点像刚磨过的镰刀。“擘”，掰开，撕裂。“磨镰”，磨过的镰刀；李白《鲁东门观刈蒲》诗中云“挥镰若转月”，韩愈借用了李白的比喻。这两个比喻虽然新奇可喜，但透过诗人描述的景象，可以发现他的情绪有些低沉。连纤云和新月这样美好的事物，在他的眼中都失去了应有的光彩。我们不禁要问，这其中的原因何在呢？

田野兴偶动，衣冠情久厌

诗人在这两句中回答了上面的疑惑。原来诗人对宦海生活感到厌倦，偶然间有了田园之念，想要归隐其中，过一种新的生活。“田野兴”，归隐的心思。陶渊明在《归田赋》中有“田园将芜胡不归”，由此后世往往以田野代指归隐。“衣冠”，指缙绅、士大夫。

吾生可携手，叹息岁将淹

“携手”，《诗经 · 邶风 · 北风》中有“惠而好我，携手同行”，“携手”往往引申为朋友之间志同道合。“淹”，停留，迟延。诗人原本可以找到志同道合之人，一起归隐田园。可惜的是，现在已经太晚了。言下之意，这些人已经在官场上虚度了太多的美好时光。《古诗十九首》中有“思君令人老，岁月忽已晚”，一个“忽”字写出岁月匆匆流逝之感。诗人用“将淹”感慨时光不等人，虽然“忽”、“淹”有急缓之别，但读来有相通之处。

评解

诗人一生都在弘扬儒家之道，立志辅弼君主，以挽救苍生黎民为己任，历经坎坷而初志不改。但是，经历宦海风波之后，他也难免会有短暂的低沉时期。本诗就写于这样一个时期。

在一个静谧而寂寞的傍晚，诗人仰望苍穹，云如破絮，月似钩镰，疲倦和寂寥之感顿时涌上心头。和常人一样，他情不自禁地问自己，所做的一切究竟值不值得？虽然归隐田园的念头只是一闪而过，但宦海生涯的确让他身心疲惫。岁月的年轮已经给诗人的身心留下不可抹去的痕迹，突然说要归隐，这是不是已经太晚了呢？诗人的内心似乎还有一份惶惑和不安。

诗人善于独创一些新奇的喻辞，勇于尝试新奇的诗歌风格。例如在这首诗里，他把云比为破絮，把月比为新磨的镰刀，都表现出一种生新的、惊人心魄的美。它们既给读者以新奇的审美感受，又巧妙地传达出诗人不佳的心绪。

次潼关先寄张十二阁老使君

荆山已去华山来，
日出潼关四扇开。
刺史莫辞迎候远，
相公亲破蔡州回。

题解

这首诗作于元和十二年（817）冬。这一年七月，诗人参加了平定地方叛乱的“淮西之役”。冬，诗人随大获全胜的唐军班师回京。“次”，途中停留驻扎。这首诗是诗人到达潼关之后写的。张十二阁老使君，指张贾，时任华州刺史，故称使君。张贾曾在门下省做过给事中，当时习惯将中书、门下二省的官员称为“阁老”。潼关在陕西东部，历来为兵家必争之地。唐军平淮告捷，凯旋回京，先驻扎在潼关，即将到达华州。韩愈以行军司马的身份写成此诗，由快马送交张贾，通知他准备犒军，所以诗题中有“先寄”二字。可以看出诗人的心情极佳，整首诗风格明快，音节圆熟流转。

次潼关先寄张十二阁老使君 诗意图　汪国新 绘

【句 解】

荆山已去华山来，日出潼关四扇开

“荆山”，在今河南灵宝境内，相传黄帝铸鼎于此，亦名覆釜山；“华山”，在今陕西华阴。潼关在荆山和华山之间。唐军已经离开荆山，向华山方向进发。“四扇开”，形容潼关的大门已经全部打开，欢迎凯旋的军队。这两句节奏铿锵有力，节奏明快，读来颇有杜甫“即从巴峡穿巫峡，便下襄阳向洛阳”的音韵节律之美。诗人用快笔酣畅淋漓抒发出胜利的兴奋和喜悦。

刺史莫辞迎候远，相公亲破蔡州回

“辞”，推辞。华州距离潼关还有一百多里。诗人以诙谐的口气说希望张贾不要嫌远，前来迎接裴度率领的唐军。“相公”，对宰相的俗称，指平淮大军的统帅、门下侍郎同平章事兼彰义军节度使裴度，同平章事的职权相当于宰相；“亲破”，一作“新破”；“蔡州”，今河南汝阳。当时在裴度的支持下，名将李愬轻松攻下蔡州，生擒叛军首领淮西节度使吴元济。这就是历史上有名的“李愬雪夜袭蔡州”。淮西平定后，唐军士气高涨，各地藩镇为之震撼，纷纷归顺朝廷。淮西平乱在中唐历史上具有非常重要的意义。淮西之战以前，唐军在平定藩镇的战场上节节败退，此次胜利使得朝野上下大为鼓舞，唐王朝重新取得表面上的统一。韩愈在诗中表现出相当的兴奋之情是可以理解的。

评 解

在国政晦暗不明之际，平叛战事突然取得重大胜利，这种突如其来的喜悦曾经在杜甫《闻官军收河南河北》诗中有淋漓尽致的表述。通过快节奏的咏叹，诗人激扬的情绪犹如黄河之水，奔泻而出。韩愈在这首诗中也同样流露出不可遏抑的欣喜之情。一般来说，七言绝句如果用阳刚之笔，很难写出韵味来，但此诗运用刚劲之笔，却写得极为成功。在诗人的心目中，连自然山川都变得富有人性。荆山、华山好像在大军回归的路途上等待凯旋的队伍，古老的潼关关门大开，生动地描绘出迎接的热闹景象。诗人迫不及待地要将好消息告诉远在华州的张贾。他是如此兴奋，以至于开始揣度张贾的想法：会不会嫌太远而不肯出迎呢？不过，就算张贾有这样的想法，也应该会迅速改变的。因为这次不比寻常，是宰相裴度亲率大军平定淮西兵变回来了。在这种假设——推想——代答的过程中，诗人的激动之情表现得淋漓尽致。言为心声，唯其有真情实感，才能写出这样情绪明朗欢快而又用意婉曲的诗句来。

左迁至蓝关示侄孙湘

一封朝奏九重天，
夕贬潮州路八千。
欲为圣朝除弊事，
肯将衰朽惜残年。
云横秦岭家何在？
雪拥蓝关马不前。
知汝远来应有意，
好收吾骨瘴江边。

题解

这首诗作于元和十四年（819）。这年，唐宪宗派人到法门寺迎取佛骨，在全国引起膜拜佛教的狂热浪潮。作为以弘扬儒道为己任的士人，韩愈对此深感忧虑，特意撰写了著名的《论佛骨表》以示劝谏，反对崇佛教。宪宗大怒，欲重重处罚韩愈。后经一些朝臣的营救，才将韩愈贬为潮州（今广东潮安）刺史。韩愈被贬出京，故交旧友出于顾虑，多不敢相送。只有他的侄孙韩湘知道消息后，特意赶到他经过的蓝关（在今陕西蓝田境内）送行。这首诗写于二人相聚之后。古人以右为贵，所以贬官称为左迁。韩愈在诗中无限感慨，其中“云横秦岭家何在？雪拥蓝关马不前”两句借景抒情，低沉委婉，成为千古传唱的名句。

左迁至蓝关示侄孙湘 诗意图 童介眉 绘

【句 解】

一封朝奏九重天，夕贬潮州路八千

早晨给皇帝呈上一份奏折，晚上就被贬到遥远的岭南。人生之路变幻莫测，变故竟然来得如此迅速，甚至让人产生不敢置信的感觉。“封”，即封事，上呈给皇帝的意见书，这里指《论佛骨表》；“九重天”，这里喻指皇帝，即唐宪宗。“路八千”，形容路途遥远；潮州位于岭南，距离当时的都城长安距离非常遥远。“朝奏”和“夕贬”，“九重天”和“路八千”，形成了强烈对比。当然，“朝”、“夕”并非实指。

欲为圣朝除弊事，肯将衰朽惜残年

“圣朝”，对当今朝廷的美称；一作“圣明”。“弊事”，不好的事情，这里指崇佛之事。韩愈服膺儒家思想，认为迷信佛教将不利于唐王朝的统治，因此迎佛骨不是什么好事情。“衰朽”，衰老腐朽，这里是诗人的自谦之辞；“残年”，犹言老命，当时诗人五十多岁，已经进入人生的老年期，所以说是残年。我一心要克除当今朝廷的那些弊端，怎么能因为自己年纪老迈，就顾惜生命呢？“肯将”带有反问语气。这首诗是送给韩湘的，所以诗人把对话的语气引进诗歌创作之中，加强了诗歌的现场感。

云横秦岭家何在？雪拥蓝关马不前

“秦岭”，秦岭山脉，东起河南，西到甘肃。秦岭和蓝关都离长安不远。“拥”，堆积。诗人继续诉说：秦岭山横亘在面前，山上云雾缭绕，在这里恐怕也看不见长安的位置，更不可能知道我的家在哪里。蓝关前面积雪堆积，连马儿也却步不前，仿佛它也知道，我们就要进入一个更陌生的地方了。诗人把自己的心思付与一同远行他乡的马匹。连动物都会因为前路渺茫而踌躇不前，何况人呢，何况年迈的我呢？古乐府《饮马长城窟行》里有“驱马涉阴山，山高马不前”，诗人巧妙地借用这个语典，把古诗的场景、意境与自己的实际处境结合起来，使诗句增加了厚重健实的意蕴内涵。

知汝远来应有意，好收吾骨瘴江边

诗人情深意切地对韩湘说，我知道你远道而来的意思，无非是因为这次去南方凶多吉少，所以准备给我收拾尸骨呢。“汝”，你。“收吾骨”，《左传·僖公三十二年》，蹇叔哭师，有“必死是间，余收尔骨焉”之语；后用来指不利的出师或远行。“瘴江边”，指潮州。潮州有韩江，在唐代岭

南被认为是瘴疠之地，谪宦之人都把这些地方视为畏途。诗人也并非第一次被贬南方，他对那里的气候状况有真切的了解。他说出这样的话，绝非赌气之语，而是基于对现实的认识。诗人以这种略带调侃的诙谐语气，委婉道出了他的忧虑。惟其如此，才更能理解诗人说出“欲为圣朝除弊事，肯将衰朽惜残年”的决心和勇气了。

评解

这首诗千百年来一直为人传诵。清人何焯以“沉郁顿挫”评之，显然是把这首诗和杜诗相提并论了。近世章士钊曾经比较柳宗元和韩愈贬谪后所写的诗作，认为柳诗“舒”、“和”，而韩诗则有怨悱之情，两人大异其趣。言下之意，好像韩愈在《左迁至蓝关示侄孙湘》等诗中表现出了躁怨之意。其实不然，韩愈在这首诗的颔联中，早已将自己的心声倾吐无遗。他为了替唐王朝去除弊政，就算搭上一把老骨头也在所不惜。正因如此，当云横秦岭，雪堆蓝关，连马儿也不愿奋蹄向前之际，他依然只是略带调侃地对前来送行的韩湘表示：南方瘴气很厉害，恐怕你要到那里去替我收拾尸骨了。这其中饱含着大丈夫所特有的淡定和从容，诗人内心深处始终具备浩然之气，弘道之志。他康济斯民的政治热情从未泯灭过。

这首诗有极高的艺术成就。首联开宗明义，一气呵成，将获罪远贬这样一件悲惨的事情说得气势磅礴。“九重天”、“路八千”，意境开阔宏大；“欲为”、“肯将”，虚实结合，把诗人悲壮的心情彰显出来。诗中没有一点悲切孱弱的情调，有的只是至刚至大的充实之美。“云横秦岭”、“雪拥蓝关”一联既写景又抒情，将艰苦的环境和诗人徘徊留恋的心情很好地结合在一起。尾联表明他的担心和忧虑，却又不卑不亢，怨而不怒。一篇既终，而给人以混茫无尽、余味无穷之感。

送桂州严大夫

苍苍森八桂，兹地在湘南。
江作青罗带，山如碧玉篸。
户多输翠羽，家自种黄甘。
远胜登仙去，飞鸾不假骖。

题解

这首诗作于唐穆宗长庆二年（822）。严大夫，即严谟，他在这一年的四月出任桂州（治所在今广西桂林）观察使。韩愈作此诗为他送行。诗中的“江作青罗带，山如碧玉簪”两句用拟人的手法描摹山水，生动传神，历来传诵。

送桂州严大夫 诗意图　董家良 绘

【句 解】

苍苍森八桂，兹地在湘南

“苍苍”，树木的深绿色；“森”，树木茂密的样子；“八桂”，相传月宫有八株桂树，桂州因产桂而得名，所以八桂就成了桂州的别称，后来又把八桂作为广西的代称。“湘南”，湘江之南。在遥远的湘江之南，有一片树木苍翠、景色美丽的土地，那就是你即将赴任的桂州。诗人以“苍苍”勾画出桂州的风光，把读者的视线引入想像的天地中。“苍苍”和“森”连用，给桂州风光平添了几分神秘色彩。

江作青罗带，山如碧玉簪

桂林山水甲天下，环绕桂林的江水清澈，仿佛围在腰际的绿色罗带；山峰秀挺，很像插在女子头发上的玉簪。美丽的桂林就像一个美丽的女性，巧妙地用玉簪和罗带来修饰自己，显得仪态万方，婀娜多姿。这两句以拟人手法写桂林山水，想像生动而别致。后世的诗人、画家在描写刻画桂林水时，常借用这两个贴切而传神的比喻。清人查慎行评价这两句说：“不到粤西，不知对句之妙。”

户多输翠羽，家自种黄柑

“输”，献纳，缴纳；“翠羽”，翠鸟的羽毛，是非常名贵的装饰品。“黄甘”，即黄柑，一说指桂林特产黄皮果。桂林盛产翠鸟，所以当地居民以翠羽进贡。桂林是黄柑的产地，那里的人家都种植黄柑。这两句互文见义，“户”和“家”分拆在两句中，是家家户户的意思。“翠”和“黄”对照，色彩绚丽，轻盈活泼，将翠鸟和黄柑两种最具代表性的物产罗列在一处，生动地写出桂林的富饶美丽。

远胜登仙去，飞鸾不假骖

“登仙”，成仙。“飞鸾”，传说乘着仙鸟升空就可以成仙；“假”，凭借；“骖”，驾车的马。“飞鸾不假骖”是说不用驾车，乘着仙鸟就可以升天，这里指代成仙之事。但在诗人看来，到桂林去是一件让人羡慕的事情，甚至比登天做神仙更好。诗人用这种比喻和夸张的手法，再次表达了对桂林的向往之情。

评解

历来送别诗多愁苦凄凉之音。韩愈这首诗却不同，通篇都充满了对桂林山水的讴歌和赞美，以及对远行之人的艳羡。诗人把八桂之地描写得引人入胜，惹人遐想。在他笔下，桂林仿佛是一位美丽的女性，她懂得用天然的山水来装饰打扮自己。那里物产丰富，民风醇厚，远赴桂林，甚至比登仙更好。诗人通过反复抒写桂林的风土人情，委婉表达出对严谟的羡慕之情。清朱彝尊评价这首诗“是浅调，属对却工，颇类初唐”。

早春呈水部张十八员外

天街小雨润如酥，
草色遥看近却无。
最是一年春好处，
绝胜烟柳满皇都。

题解

这首诗作于穆宗长庆三年（823）。水部张十八员外，指张籍，他排行十八，当时任水部员外郎。水部是唐代工部四司之一，管水道政令。这时韩愈已授京兆尹兼御史大夫，位尊年高，心态较为平和，诗歌风格也更为圆润纯熟。诗人写诗给张籍，希望和他共同欣赏早春景致。《早春呈水部张十八员外》共两首，这里选其一。这首诗写景十分出色，“草色遥看近却无”一句是传世名句。

早春呈水部张十八员外 诗意图　程锡瀛 绘

【句 解】

天街小雨润如酥，草色遥看近却无

“天街”，即御街，皇城长安的街道；“酥”，牛羊乳制成的食品，这里用来比喻滑腻滋润。早春时节，长安的街道上飘起蒙蒙细雨，像酥油一样，滋润着万物，传递着新春的气息。在细雨的润泽之下，小草悄悄地萌发绿芽。远看去，它们好像给大地铺上了柔软的绿毯，吸引人走上前去；可等到人们走近定睛细看，却又寻不见草儿的踪迹。这两句写早春景致，体察入微，摹画传神。

最是一年春好处，绝胜烟柳满皇都

飘着小雨的早春正是一年中最好的时候，烟柳遍布长安的暮春之景也算一年中的美景了，但仍然无法和早春的景致相媲美。在诗人看来，早春时节万物复苏，大地回春，代表着生生不已的活力。这样的早春之景是一年中最好的时候，也是整个春天最好的时期。“烟柳”，柳树在初出芽时，只是黄嫩的细芽；等到抽条茂盛之时，绿枝浓密，看上去仿佛烟雾一般，故称为“烟柳”，一般即以“烟柳”指代暮春景色。如宋代辛弃疾《摸鱼儿》写暮春景色，云“斜阳却在，烟柳断肠处”。

评解

读这首诗，很容易让人联想起朱自清的散文名篇《春》，想到《春》里所写的春雨：“雨是最寻常的，一下就是三两天。可别恼。看，像牛毛，像花针，密密地斜织着，人家屋顶上全笼着一层薄烟。树叶儿绿得发亮，小草儿青得逼你的眼。”

韩愈的诗篇有很多是描写春天的，如《春雪》、《晚春》等，对春天之美的刻画各臻其妙。这首诗之所以最动人，因为它生动地传达出春天的生机，让人感受到大自然盎然的生趣。韩愈写这首诗时已年近六旬，更加渴望生命的活力。《早春呈水部张十八员外》另一首中有“莫道官忙身老大，即无年少逐春心”，表达的就是这层意思。在诗人看来，烟柳满城的暮春景色未免太“满”、太密了，虽然美好，却不如这小雨飘飞的早春。清人朱彝尊评价这首诗“景绝妙，写得亦绝妙”，可谓不刊之论。黄叔灿《唐诗笺注》评“草色遥看近却无”一句云：“写照工甚，正如画家设色，在有意无意之间。”

南溪始泛

南溪亦清驶，而无楫与舟。
山农惊见之，随我观不休。
不惟儿童辈，或有杖白头。
馈我笼中瓜，劝我此淹留。
我云以病归，此已颇自由。
幸有用余俸，置居在西畴。
囷仓米谷满，未有旦夕忧。
上去无得得，下来亦悠悠。
但恐烦里闾，时有缓急投。
愿为同社人，鸡豚燕春秋。

题解

这首诗作于唐穆宗长庆四年（824）夏，时年诗人五十七岁。《南溪始泛》共三首，这是其中第二首。这一年十二月，诗人即因病辞世，所以这组诗也可称为他的绝唱。

南溪在长安城外终南山下，诗人在这里有别墅。写此诗时，他因病告假，泛舟于南溪之上，悠逸自得，尽享闲趣。这首诗即物写心，语言质朴，

南溪始泛 诗意图 崔晓东 绘

叙事平直，而愈见真切之情，在韩愈的诸多诗作中显得另具一格。清人选《唐宋诗醇》评价这首诗“神似陶公（陶渊明）”。

【句 解】

南溪亦清驶，而无楫与舟

终南山下的小溪清澈见底，汩汩流动。“清驶”，溪水清澈流动的样子；“驶”，本意是马行疾速，亦可泛指疾行，这里指溪水流动迅速。诗人在这里化用谢灵运《登石门最高顶诗》中的“活活夕流驶”。除了诗人所乘坐的小船之外，再没看见其他船只。“楫”，本意是稍短的船桨，这里用来代指船。这两句渲染泛舟之时的自然环境。读到那个“清”字，仿佛可以感到自然风光扑面而来。

山农惊见之，随我观不休

山里的农夫见我在这里泛舟，感到非常惊讶。诗人以“惊”字写出山民的质朴，说明他们对外面的世界所知甚少，看到陌生人就觉得新鲜。我下船之后，他们随着我四处走，围观个不停。《桃花源记》中有“见渔人，乃大惊，问所从来。具答之。便要还家，设酒杀鸡作食。村中闻有此人，咸来问讯”。从这两句开始到“劝我此淹留”，应该受到《桃花源记》中这段文字的影响。

不惟儿童辈，或有杖白头

“不惟”，不仅。“或有”，也有；“杖白头”，拄着拐杖的白发老人。围着我看的，不仅有小孩子，还有白发苍苍的老者。从垂髫稚童到白发老人都在欢迎诗人的到来，这两句写出了山中民风的淳厚。山野村民仿佛就是终南山下的清泉，滋润着诗人因朝野琐事而感到疲惫劳累的心灵。

馈我笼中瓜，劝我此淹留

山民们送给我笼中的瓜果，邀请我在这里多待一会儿。“馈”，赠送；“淹留”，停留。“馈”、“劝”两个连贯的动词，写出山民的淳朴好客。那些居住在深山之中、与尘世隔绝的山野村夫，没有受到太多世俗的浸染和侵蚀，从孩童到老者都保有赤子之心。他们真心地愿意把自己仅有的物产（笼中瓜）馈赠给远道而来的客人，以此表达殷切关爱之情。

我云以病归，此已颇自由

诗人告诉山民，他已经因病告假，现在稍微自由一些了。“颇”，稍，略。“自由”两字写出诗人回归自然后的惬意和轻松，也委婉道出在官场生涯中的不自由。诗人被山民的质朴厚道感动，他们的心灵和这里的山水风土一样，是如此清澈明净。诗人也情不自禁地打开心扉，开始和他们闲话家常。

幸有用余俸，置居在西畴

诗人说幸亏我还有一些余下的俸禄，并且已经在西边买了房子以度晚年。“俸”，俸禄；“西畴”，西边的田地。陶渊明《归去来辞》中云“农人告余以春及，将有事于西畴”。诗人在此用“西畴”两字，一方面有写实的意味，强调自己确有闲居山林的打算；另一方面则巧妙地暗用陶渊明的典故，借以表达自己对官场应酬无所留恋的心态。

囷仓米谷满，未有旦夕忧

“囷仓”，圆形的粮仓；“旦夕忧”，日常生活的烦恼和忧虑。诗人说自己的粮仓里谷物充足，所以不会为日常生计的匮乏而担忧。诗人进入暮年，对身外的名利纷扰看得很淡。现在他开始设想以后的生活，发现人的生活其实可以很简单，只要丰衣足食就够了。

上去无得得，下来亦悠悠

在朝中做官，并没有什么特别令人开心的地方；退职在家，倒也别有一番闲趣，优哉游哉。“得得”，唐时俗语，表示特地、特殊等意，这里有得意的意思。“悠悠”，悠闲的样子。诗人将“得得”、“悠悠”两种状态进行对比，一方面是对庙堂官宦生活的否定，另一方面是对山野自然生活的肯定。用语的一反一正，显出诗人对闲野生活的珍爱和向往。诗人把俗语方言引入诗歌创作中，表现出不拘一格的创新精神，也体现出“以文为诗”的创作特点。

但恐烦里闾，时有缓急投

在这两句中，诗人仿佛回复了一个普通老者的身份，以琐碎、家常的口吻，向乡邻乡亲诉说自己的心情和琐事。“烦”，烦劳，有劳；“里闾”，里巷，邻居。“缓急”，偏义词，这里专指着急的事情；“投”，投奔。退职在家的生活当然很舒适，可我还是担心会麻烦到左邻右舍，因为有时候可能出现一些紧急的事情，需要大家帮忙。

愿为同社人，鸡豚燕春秋

“社”，古代祭祀土地神的神坛；“同社人”即同一块地方的人，同乡。“豚”，猪；“燕”，同“宴”，宴会，娱乐。诗人希望能和大家成为同乡，一起参加春秋两季祭祀土地神的宴会。通过以上四句诗，诗人非常恳切地表达了和乡里和睦共处、安享晚年的愿望。此刻的诗人，已经不是那个志向超迈、吐纳古今、俯瞰人世的韩愈了，而回归到了世俗人间。诗人的本心显现在众人面前，正所谓“豪华落尽见真淳”（金元好问《论诗绝句三十首》）。

评解

这首诗写于诗人因病告假时期。他长期在官场之上周旋应酬，难得有这样的时间和心情接近自然，亲近山野。诗人在诗歌中表现出一种难得的闲适情绪。更难得的是，他还体现出一种亲近日常生活的温情，这在他以前的诗作中是极罕见的。他变成了一个亲切平和的老人，乘着小舟在溪上漫游，闲步村中，耐心地和山民交谈，还显得有几分唠叨。那个始终不忘弘扬儒家圣道、以朝政天下为己任的韩愈不见了，取而代之的是一个慈祥又略带疲惫的老人。“但恐烦里闾，时有缓急投”，诗人显得那样善解人意，温和谦卑。或许诗人最终体悟到儒家大道是“极高明而道中庸”的。整首诗写得质朴无华，平淡见真情，是韩愈诗中的别调。

后　记

萌动请人编辑出版一套独特的中国古典诗词赏读书籍的念头已久，没想到与五洲传播出版社的同志谈起，一拍即合。

社会上已出版的古典诗词类图书琳琅满目，这套书如何称其“独特”呢？我们的设想是：

一、每位诗人、词人独立成册。这便于选择最有代表性的诗词名家，集中介绍他们最具代表性的作品；也便于读者体会和研究每位诗词名家的风格和文采。

二、撰写人物简介。每分册前面都有一篇诗人、词人的生平介绍，其内容要比常见的“三言两语”的介绍更翔实、更丰富。不仅叙说诗人、词人的身世际遇，而且对其创作成就、艺术特色也尝试作简明的评说。孟子曰：“颂其诗，读其书，不知其人，可乎？是以论其世也。”说的是欲深入理解一个人的作品，就应该对这个人及其时代有一定了解。由于年代久远，大多诗家词人并非贵胄世家，其历史资料零散缺失，有些问题学术界尚无定论，比如李白的家世和出生地，至今仍是个谜，有多种说法。由此可见，“知人论世”并非易事。对此，我们以严谨的治学态度，尽可能吸纳目前的研究成果。

三、“三段解”方式。对书中的每篇作品，均采用题解、句解、评解的手法进行评析和赏读。古典诗词文辞精粹，含蓄内敛，善于通过各种艺术手法传达味外之旨、韵外之致。以“三段解”的方式对诗词逐题逐句地进行意译和评解，雅俗共赏，对大家深入理解诗词的思想内容和艺术风格、体味其中的文化意蕴，力图给出些许提示。

四、以画配诗词。每首诗词作品，都配以当代画家根据其意境专门绘制的国画，以期诗情画意，相得益彰。其中不乏程十发、顾炳鑫、刘旦宅、华三川、范曾、戴敦邦等名家手笔。部分画作，是画家先前发表过的；绝大多数的作品，则是邀请画家特意为本书系创作的。

有了这样的设想，下一步的关键在于能否请到合适的作者。五洲传播出版社为本书系约请作者的门槛颇高：首先须是中国古典文学研究领域的专家学者，有较深学术造诣；其次是能厚积而薄发，有深入浅出的文字表达能力。应该感谢的是，一批年富力强的学人加入了编写队伍。由于他们的辛勤劳作，才有了我们现在看到的这套《中国古典诗词精品赏读》。

李　冰

于北京